Schluss mit Karma hol den Sekt

AF221285

Claudia Brigitte Weis

Schluss mit Karma hol den Sekt

Roman

Nicht ohne einem gewissen Eigennutz, für dich lieber Leser, natürlich!

Impressum

FSC
www.fsc.org

MIX

Papier aus ver-
antwortungsvollen
Quellen
Paper from
responsible sources

FSC® C105338

Bibliografische Information der Deutschen
Nationalbibliothek:
Die Deutsche Nationalbibliothek verzeichnet diese
Publikation in der Deutschen Nationalbibliografie;
detaillierte bibliografische Daten sind im Internet über
http://dnb.dnb.de abrufbar.

© 2021 Claudia Brigitte Weis

Korrektorat: Sabina Schottke

Herstellung und Verlag: BoD – Books on Demand, Norderstedt

ISBN: 9 78-3-754 31529 3

Nix Inhaltsverzeichnis

Das Original hat nur ein Kapitel.

Danke an alle die dazu beigetragen haben das dieses Buch möglich geworden ist. Ihr wisst nichts davon, und das ist auch gut so. Denn das Leben schreibt seine eigenen Gesetze. Auf euer Wohl und euer Karma. Liebt es und ihr werdet gesund und frei.

Leseanweisung:

Ja nicht von hinten nach vorne lesen denn das macht
überhaupt gar keinen Sinn!

Schluss mit Karma hol den Sekt

Männer lassen sich von der gestrengen Domina auspeitschen, und Frauen von Egomanen demütigen. Das sind sie die Heros der heutigen Zeit oder aller Zeiten. Und was ist mit den wirklich lieben Männern? Die werden leider glatt übersehen. Sie bilden keine Reibungsfläche. Hier fehlt uns eindeutig der Auftrag, diese Herren der Schöpfung von unserer Großartigkeit zu überzeugen.

Dumm aber auch, denn im Prinzip, brauchen wir sie davon weder zu überzeugen, noch müssen wir uns besonders anzustrengen. Diese Männer haben uns bereits erkannt! Doch anscheinend ist dieses Geschenk absolut wertlos. Denn nur, wenn wir darum kämpfen dürfen, und ganz nebenbei jede Menge Konkurrenz ausschalten, dann, aber auch nur dann, erhält unser Opfer der Begierde das Prädikat, besonders wertvoll! Wie blöd muss man sein, sich derart arrogant zu verhalten. Diese Männer, sind einfach nur lieb, nett und uns völlig ergeben. Leider ist das so dermaßen unerotisch und langweilig und übt somit keinerlei Reiz auf uns aus, auf uns, die wirklich taffen Frauen die wir nun einmal sind.

Heldinnen wollen Helden! So ist das nun mal. Nur leider sind die wahren Helden nicht die die am laustesten brüllen. Die leisen sind es. Die stillen. Die in sich gehen können, uns zuhören. Die Handeln, statt stundenlange Statements abzuhalten. Aber es sind gerade diese Statements die uns reizen in Dialog zu gehen. Zu zeigen, was wir drauf haben im verbalen Wettkampf der Geschlechter. Wir präsentieren ihnen unser großes Herz, unser gütiges Verständnis für all die faulen Ausreden die diese Vollpfosten uns auftischen. Diese Männer haben bei uns scheinbar endlosen Kredit. Während die wirklich würdigen leer ausgehen.

Irgendwie hinterlassen diese guten Jungs bei uns so eine Art, Schleimspur. Wir trauen dem Frieden nicht der sie umgibt. Wir wittern eine Manipulation ihrerseits, weil wir uns mit ihnen weder geistig duellieren können, noch sie durch Kritisieren aus der Reserve locken können. Da ist doch was faul oder. Wir wollen, dass sie endlich mal den Mund aufmachen und uns contra geben. Aber, sie sehen einfach keinen Sinn darin. Ihnen fehlt jeglicher Grund dafür, um sich mit uns in verbalen Attacken zu verstricken. Wozu auch, denn für sie ist doch alles perfekt. Wieso fehlt uns die Synapse, also die neuronale Verschaltung, die uns in diesem Augenblick darauf hinweisen sollte, das es jetzt an der Zeit wäre einfach nur zu genießen, ohne dafür in den Ring steigen zu müssen. Mädels, in Zukunft macht ihr genau das. Klappe halten, durchatmen, und genießen. Merke auf, ihr habt ein Juwel auf dem Sofa sitzen!

Ok, soviel dazu. Nur leider haben in vielen Fällen, genau diese Herren der Schöpfung, brav lieb und uns völlig ergeben, tatsächlich einen Makel.

Entweder sind sie gerade Arbeitsscheu, und - oder tragen Strumpfhosen. Man möge es mir verzeihen, es gibt sicherlich auch Ausnahmen. Allerdings spreche ich alleine von meinen Erfahrungen, und die mit der Strumpfhose war eindeutig die Schlimmste überhaupt. Da trafen definitiv zwei nicht zu ignorierende Faktoren zusammen. Erstens die Sache mit der Arbeit. Extrem Arbeitsscheu, aber um keine Ausrede verlegen wenn es darum ging dich davor zu drücken. Der tragische Grund dafür, warum der arme Kerl keine Arbeit annehmen konnte war der, das er nun einfach zu hochqualifiziert sei, und das würde keiner zu schätzen wissen.

Na klar Schätzchen, alle anderen sind doof, nur du natürlich sicher nicht. Was soll ich sagen, ich war schockiert.

Wortgewandt wie er nun einmal war, ging es nun mit so genannten Schmeicheleien weiter. Er wusste genau wie er mir Honig um den Mund schmieren konnte. Denn leider bin ich für diese Art von Kommunikation extra Schmeichelei, extrem anfällig.

Und zweitens, welch grauenhafte Erinnerung huscht gerade als Bild vor mein inneres Auge – ein knapp 2 Meter Mann in Strumpfhose Hautfarbe 20 DEN. Strumpfhose! Ernsthaft, ich wusste nicht ob einen Schreikrampf kriegen sollte oder einen Lachanfall. Eines war allerdings zerstört in Sekunden und wie könnte es auch anders sein. Die Lust auf diesen Mann. Mag es Frauen geben die darauf stehen, ich für meinen Fall sicher nicht. Ich bin durch und durch eine mit allen Facetten ausgestattete Frau, die weiß was Männer mögen, und es vielleicht das eine oder andere Mal auch ausgenutzt hat. Man möge mir an dieser Stelle verzeihen. Aber rückblickend auf diesen Moment, diesen Strumpfhosenmoment, dieser bloße Gedanke daran, diesen Mann in einer Seidenstrumpfhose nackt vor mir zu sehen, war eine Beleidigung an meine sonst so höchst erotische Fantasie. Wenn sie mit einem Mann essen gehen, schauen sie mal auf seine Schuhe, wenn eine Strumpfhose statt Socken hervorblitzt, dann verlassen sie fluchtartig das Lokal. Es sei denn sie stehen darauf.

Trotz alle dem, hat es leider noch monatelang gedauert, bis ich ihn endlich wieder los wurde. Die schrecklichen Bilder in meinem Kopf werde ich wohl nie vergessen.

Ich bin eine starke erfolgreiche Frau und suche mir anscheinend immer die Männer aus, die mich, verdammt noch mal, nur demütigen, verbal erniedrigen, Grenzen missachten, und über jede Schuld erhaben sind. Jeder Punkt für sich allein ist schon Gift für eine funktionierende Beziehung. Ganz zu schweigen von dem Liebesentzug, und das grenzt schon an emotionale Folter. Was noch weit oben auf der Scala für nichtfunktionierende Beziehungen steht ist, dass diese Schmalspur Männer uns sehr gerne für ihre eigenen Zwecke benutzen, um sich dann stolz geschwellter Brust, in unserer Sonne zu wärmen. Mädels, spannt einen Schirm dazwischen auf, damit er schnell das Weite sucht.

Wenn du einem Mann nichts richtig machen kannst, dann solltest du ihn eigentlich sofort verlassen, oder einmal tüchtig in den Hintern treten. Aber nein, Frau von Welt, legt sich dann noch viel mehr ins Zeug, um endlich in den Augen ihres ach so geliebten Helden, tüchtig glänzen zu können. Der Grund dafür ist wohl der gravierende Erfolg in der freien Welt, der uns zu nie geahnten Höhenflügen aufsteigen lies, um dann in der Partnerschaft unsanft auf den Boden zu knallen. Oder einfach nur ein Scheiß Karma!

Ein völlig aussichtsloses Unterfangen. Im schlimmsten Fall droht sogar die Höchststrafe: Sexentzug! Unser Adonis fordert es regelrecht heraus, dass wir winselnd auf dem Boden liegend nach Aufmerksamkeit betteln, damit er sich groß fühlen kann um sich anschließend im Internet, oder vor dem 83 Zoll Fernseher einen runter holen kann. Wie demütigend sich das für uns Frauen anfühlt. Für jede Frau!

Wie erbärmlich klein ich mich doch fühle. Ich eine Frau mittleren Alters die sogar dem Tod von der Schippe gesprungen ist, und die in der heutigen Zeit mehr verdient als ihre männlichen Kollegen. Ich müsste es doch eigentlich wissen wie es mit den Männern funktioniert. Den Master Plan haben. Doch was habe ich? Ein Master Desaster!

Nun lieber Leser, ihr werdet an dieser Stelle sicher überrascht sein dies zu hören, aber ich weiß tatsächlich wie das mit den Beziehungen wirklich gut funktionieren kann. Nur eben nicht in meiner eigenen. Kommt euch das bekannt vor? Erstaunlich, während ich das hier schreibe verliere ich zusehends den Respekt vor mir. Wie seltsam es auch klingen mag, ich beginne eine innere Wut zu entwickeln, und habe das Gefühl das diese Wut gleich explodieren wird.

Das ist es was passiert, unsere Partner verlieren den Respekt vor uns, weil wir Dienern statt lieben, in der Hoffnung dafür zurück geliebt zu werden um vor Hochachtung unserer Selbstaufgabe auf Händen getragen werden. Was für ein Irrsinn. Wer kann vor jemanden Respekt haben, der diesen nicht einmal für sich selbst aufbringen kann. Aber verdammt noch mal, warum ist das so schwierig? Im Business funktioniert das doch auch einwandfrei. Logisch, dass es da funktioniert. In führenden Positionen ist man doch eher relativ emotionslos, und bedenkt zuvor welche weitreichenden Folgen eine nun einmal getroffene Entscheidung haben kann, für uns selbst, und auch unseren anvertrauten Mitarbeitern. Denn eine kluge Führungskraft weiß, nur gemeinsam sind wir stark. Genau das ist es. Und mir kommt gerade eine Erkenntnis nach der anderen. Und wie das mit den Erkenntnissen so ist, sie kommen leider immer zu spät.

Ich bin ja sowas von stolz darauf, das meine ich natürlich ironisch, dass ich geradewegs zielstrebig genau auf die Männer treffe, die mich rund machen, anschreien und mit Liebesentzug bestrafen. Verdammt nochmal, das ist doch wirklich ein scheiß Karma.

Ich entschuldige mich hiermit für meine verbale Entgleisung. Allerdings kann ich mich kaum zurückhalten, denn meine Wut im Bauch ist ein Tsunami der gerade seinen finalen Höchstwert erreicht hat.

Warum hat Gott mich mit so viel Talent, Begabung, einem liebreizenden Antlitz , sowie einem außergewöhnlichen IQ ausgestattet und dabei vergessen, dass es auf der Erde eben nicht nur alleine darauf ankommt alles zu wissen, zu können, zu organisieren, sondern auch mal ganz nebensächlich unwichtig auch darauf ankommt, sich mit einem Gegenstück genannt Mann,
Opfer der Begierde, in Leidenschaft Süßholzraspelnd auf meinem Großraumsofa zu räkeln und Tag ein Tag aus sich die Seele aus dem Leib zu Lieben um die Welt um sich herum zu vergessen. Was für ein langer Satz, was für ein lange Sehnsucht danach. Es ist doch so einfach! Draußen tobt die Welt, und wenn dann die Haustür hinter mir ins Schloss fällt, fällt mit ihr die Last des Tages ab, finales genießen im Rausch der Sinne, erlöst den Tag und die Liebe beginnt. Warum ist das so schwer zu verstehen! Haustür hinter mir zu, und es beginnt die Zweisamkeit, Gemeinsamkeit, Lachen Reden Verstehen. Haustür wieder auf, rein ins allgemeine Welterleben. Ich meine, irgendwo muss ich meine Batterien auch wieder auffüllen, und das vorzugsweise in den eigenen vier Wänden. Wohl dem der einen Mann zu Hause hat der das genauso sieht,

fühlt und auch lebt. Und seine großen
Beschützerarme nach uns ausstreckt.

Walt Disney, ich hasse dich dafür, dass du mir so eine
Scheinwelt vorgegaukelt hast in der die Männer den
Frauen stets zu Füßen liegen. Sie umtanzen mit
zärtlichen Liedern auf den Lippen und sie mit auf ihr
Schloss nehmen. Wie konntest du mir das nur antun!

Draußen ist die Welt so kalt und gemein,
manipulierend. Du musst die Spielregeln des Lebens
schon beherrschen wenn du ein Stück vom großen
Kuchen abbekommen möchtest. Tja, viel Spaß beim
Regeln lernen. Mit Gesang allein ist es nicht getan.
Wir sind hier leider nicht bei Walt Disney. Was habe
ich diese Filme geliebt, und das kleine Mädchen in
mir, hat noch immer nicht aufgegeben, auf den
Prinzen zu hoffen der sie wachküsst, den gläsernen
Pantoffel über ihren Fuß streift, sie auf sein Pferd
setzt und mit ihr in den Sonnenuntergang auf sein
Schloss reitet.
Seufz!

Warum bekommen Frauen die wirklich alles in
ihrem Leben erreicht haben oder noch erreichen
werden die schrägsten Männer ab. Und die
Mauerblümchen die schärfsten
Sahneschnittchen. Ich hasse es immer mit
ansehen zu müssen, wie sich Schlabberlook

Ladies aus den schicksten Autos winden mit
fünf Kindern im Schlepptau umgarnt von einem
Mann mit dem meine Fantasie schon beim
Anblick durchgeht. Verdammt! Was läuft falsch
bei mir!

Undank ist der Welt Lohn

Ein bemerkenswerter Satz der an Wahrheitsgehalt
kaum zu übertreffen ist. Und wie sollte es anders
auch sein, bei mir stimmte er total.
Wenn ich bedenke, wie oft ich schon aus Liebe und
dem vermeintlichen freien Willen, mehr gegeben
hatte als ich eigentlich verkraften konnte, wird es mir
schon allein vom daran denken schlecht.
 Mein Gemütszustand pendelte zu jener Zeit
zwischen, ziemlich mies, und völlig erschöpft hin und
her.
 Dieses zu viel geben, geschah nur, weil ich mir Bilder
vorgaukelte, indem es mir schlecht geht, und ich
dann auch froh bin wenn jemand für mich da ist,
ohne dass ich viel darum betteln muss.
Noch besser war allerding der der Gedankengang, ich
mach das jetzt weil ich sehe dass du Hilfe brauchst,
oder jener Satz;
Ach lass gut sein, ich mach das für dich!
Mein Hintergedanke daran war selbstverständlich
der, wenn du siehst dass es mir schlecht geht, dann
machst du das genauso für mich.

Von wegen!

Wie steht es schon in der Bibel geschrieben: Reiche keinem die Hand der sie dir nicht entgegenstreckt! Undank ist der Welt Lohn. Warum gerate immer ich stets in diese Missionarsfalle? Oder bin ich etwa anders als alle anderen auf dieser Welt? Warum muss ich immer gefühlt fünfmal darum betteln das etwas für mich gemacht wird. Geht das nicht von alleine, so wie bei mir? Nein, geht es nicht!
 Es würde ja gehen, aber nicht heute, nicht gleich, und überhaupt. Und falls es doch, dann nur missmutig und mit einem genervtem Tonfall.
Na da fühlt man sich doch gleich viel besser. Kann mir mal jemand verraten warum das so ist? Und bei meiner Recherche sei eindeutig bewiesen dass ich sicher kein Einzelfall bin.

Mal ganz ehrlich nachgefragt. Was fällt euch da auf? Sind etwa wir an dieser Stelle die lieben braven Frauen, die ergeben und treu an ihren Pappnasen kleben? Wirken wir durch unsere Ergebenheit etwas langweilig und unerotisch? Bilden wir vielleicht keine Reibungsfläche?

 Diese Jungs fordern uns doch geradezu heraus sich mit ihnen geistig zu duellieren, und ihnen Grenzen aufzuzeigen. Na, fällt der Groschen?

Die Schlabberlook Ladies haben es eben drauf. Sie geben Kontra weil sie es sich zutrauen. Sie fühlen sich eh nicht so großartig und wundern sich vielleicht selbst darüber warum Herr Sahneschnittchen gerade auf sie abfährt.

Ich sage euch, das Aussehen wird völlig überbewertet. Sicher spielt es eine Rolle bei wem uns das Wasser im Mund zusammen läuft. Aber wie bei den Herrn der Schöpfung, die, die am lautesten Brüllen, die sind es einfach nicht. Blöd aber auch das unser Brüllen, ein brüllen nach Aufmerksamkeit ist, dass durch Anbiedern und Aufopferung gerne überspielt wird. Wie soll man da zur Ruhe kommen. Wie Eingangs beschrieben. Die ruhigen die stillen die sind es. Aufopfern und eigene Grenzen selbst überschreiten, ist schlicht weg ein Macho gehabe und heißt nichts anderes als:

Schaut her wie toll ich bin. Gut gebrüllt Löwe!

Hier geht es aber um Kommunikation auf Augenhöhe, und die ist eben nicht immer plüschig. Diese Frauen haben keine Angst zurück gewiesen zu werden. Sie mussten sich schon immer einer Rang in der Hackordnung erarbeiten, und haben dadurch gelernt, dass es sich lohnt über das zu sprechen was einem missfällt, oder einfordern was man haben möchte. Denn sonst bleibt man eben auf der Strecke.

Und sie haben Erfolg damit gehabt. Es ist kaum zu übersehen, dass diese Frauen immer noch Erfolg damit haben.

Ergo, was lernen wir daraus. Mund aufmachen bevor es zu spät ist. Mag ja der schnellste Weg einen Mann zu bekommen der ist, wenn die Fassade hübsch gestrichen und die Blicke der Männer lechzend an diesem Objekt der Begierde haften. Allerdings kommt nach der Eroberungsphase die Erhaltungsphase.

Dienern, oder sich selbst dabei zu überfordern, schlimmer noch die eigenen Grenzen zu übergehen, von denen unser Partner bis dato nicht einmal ahnte, dass wir überhaupt Grenzen haben, ist dabei nicht sehr hilfreich. In der Medizin spricht man von einem Fließgleichgewicht, und dieser Vergleich ist absolut zutreffend. Wir super Frauen sollten endlich mal lernen den Dingen ihren Lauf zu lassen, und unsere Kraft für den Liebesakt aufsparen.

Und wenn außer hübsch und durchtrainiert, der Selbstzerstörungsdrang, ständige Überforderung und so weiter, der Grenze deiner Wahrheit, den Rang abläuft, so ist das der sicherste Weg in ein Scheitern der Beziehung, die Notaufnahme oder den Friedhof. Wähle weise wohin du willst. Und für den Friedhof ist es eindeutig zu früh!

Eines Tages steht ihr alle wieder vor der gleichen Tür und schaut zurück auf euer Leben. Und dann betet zu Gott oder wem auch immer, dass ihr alle Widrigkeiten genau angesehen habt und euch nicht zu schade, oder zu arrogant ward um diese aufzulösen. Denn lasst euch eines sagen. Ihr werdet zurückkommen auf die Erde und leider wieder von vorne anfangen müssen. Bis ihr seht!

Viele Frauen und auch Männer begegnen mir Tag ein Tag aus in meiner Arbeit als himmlischer Personal Coach, die nie etwas wirklich Schlimmes in ihrem Leben getan haben. Brav duldeten sie ihr Schicksal, dass sie augenscheinlich doch so hart bestrafte. Ich stellte mir dabei stets nur die eine Frage: Warum tut Gott so etwas? Warum lässt er das zu?

Aber Gott war in all den Fällen nicht der, der zuließ oder strafte. Viel mehr lernte ich, und sah es an mir selbst, dass ich aufgehört hatte, auf den Weckruf meiner inneren Stimme zu hören. Die mir mit einem unangenehmen Bauchgefühl sagen wollte, dass ich auf dem Holzweg bin. Aber, das passte so gar nicht in mein augenblickliches Lebensmodell. Denn schließlich hatte ich mir gerade etwas in den Kopf gesetzt, dass ich auf Biegen und Brechen, im wahrsten Sinne des Wortes, auch durchsetzen wollte.

Und dafür bedarf es Zuspruch, und keinen Widerspruch!

Also ignorierte ich fleißig weiter meine innere Stimme so lange, bis es meinem Körper unmöglich wurde den Zustand der Selbstlüge weiterhin aufrecht zu erhalten, und mich zusammenbrechen ließ.
Meine Lebenskraft boykottierte mich auf Schritt und Tritt. Und ich schleppte mich förmlich nur noch so durchs Leben. Kraftlos ergab ich mich schließlich und mir wurde klar, dass ich sofort aufhören musste mit dem was ich tat.

In diesem Zustand konnte ich auch gar nicht mehr über meine Grenzen gehen, mich aufopfern, klein machen oder dienern. Denn ich lag auf dem Boden im wahrsten Sinne des Wortes.
Grenze erreicht. Game Over! Schöner Mist.

Die falschen Glaubenssätze, Vorstellungen, Beurteilungen einer gesunden Beziehung, so wie ich sie mir einbildete, sowie die von der Umwelt gesteuerten Suggestionen, begannen meine Wahrheit und mein viel zu großes Ego zu verbrennen, bis nur noch eine ferngesteuerte Hülle übrigblieb.
Ich hatte jegliche Gefühl zu mir verloren.

Wundert sich an dieser Stelle jemand, dass man durch das; darüber hinweg sehen seiner eigenen

Gefühle krank werden kann? Es ist sogar wissenschaftlich bewiesen, dass Krebs entstehen könnte, wenn man sich strikt dagegen weigert eine Veränderung in seinem Leben herbeizuführen. Krankmachende Situationen nicht verlässt, und sich weigert mal gründlich darüber zu reflektieren wo liebgewonnen Verhaltensweisen einer dringenden Kurskorrektur bedürfen.

Jetzt wird es schwierig. Ist aber auch verständlich, denn irgendwo ist dieses unser gewohntes Leben sehr bequem geworden. Und ehrlich gesagt sind es sowieso immer die anderen, die die Schuld an dieser Tragödie tragen. Würden alle so handeln wie ich das gerne hätte, gäbe es dieses Problem überhaupt nicht Das kann doch wirklich nicht so schwer sein.

Ergo, muss nicht ich mich ändern, sondern die anderen. Und das ist Fakt!

Echt jetzt, das ist krank. Und jeder der so denkt ist definitiv sehr krank. Selbstverliebt und egoistisch. Hallo ich erkenne mich gerade wieder, das kommt hin, das bin ich!

Nicht weil ich selbstverliebt egoistisch und krank sein will, sondern weil mein viel zu ausgeprägte Ego meint, seine Vorstellungen von einem funktionierenden Miteinander mit aller Gewalt durchzusetzen. Autsch das tut weh.

In Medizin spricht man da von Autoaggression, das bedeutet Selbstverletzung. Im eigentlichen Sinne wird hierbei der Körper tatsächlich verletzt. Ritzen zum Beispiel. Auch das habe ich hinter mir. Aus Wut, Ablehnung und Verletzungen heraus und einer gewissen Hilflosigkeit, versuchte ich verzweifelt meinem eigenen Körper, mit all seinen quälenden Empfindungen zu entfliehen.

Nicht wirklich damit töten, sondern nur aus mir herausschlüpfen, um die Emotionen und die erbarmungslosen Schmerzen die in mir hämmerten, los zu werden. Ich fühlte mich wertlos, klein unbedeutend, ein Fehler der Natur. Den Wille gebrochen, den Anforderungen und Iden dealen der Eltern, Familie und der Umwelt nicht mehr gewachsen.

Wenn jeder über sich selbst hinwegsieht, und ich spreche hier nicht von der menschlichen Güte die sprichwörtlich fünf gerade sein lässt, sondern von der Arroganz und der Respektlosigkeit gegenüber seinem eigenen Leben, und das seiner Mitmenschen. Schlimmer noch. Stellt euch vor, diese Kranken in Anführungszeichen, zeugen Kinder. Sie geben ihnen ihre Glaubenssätze, Überzeugungen und die von der Umwelt manipulierten Realität weiter. Verbieten unter Strafe ihren Nachkömmlingen das eigene Denken und Handeln.

Wundern sich dann allerdings, wenn diese ihre Kinder schließlich unfähig werden Entscheidungen zu treffen, und oder krank werden. Allergien entwickeln, oder sogar Asthma bekommen weil ihr eigenes Gefühl erstickt, klein gehalten oder tot geredet wird.

Das ist leider von Anbeginn der Zeit die traurige
Realität. Wir verlieren von klein auf das Gefühl für
uns und unseren Körper, schlucken von allem zu viel,
und wissen nicht mehr wie wir es loswerden können.
Wohl dem der anders aufgewachsen ist.
Da wir nie gelernt haben über unsere Gefühle und
das was es mit uns macht zu sprechen, werden wir
auf Dauer darüber wütend.
Wir entwickeln eine innere Wut die keinen Ausweg
findet, und unser Partner und alles andere womit wir
Tag ein Tag aus zu tun haben bekommt dann diese
Wut geballt in Worten oder Taten zu spüren getreu
dem Motto; klasse, ich hab es los, du darfst es
ausbaden. Ist ja nicht meine Schuld.

Etwas mutwillig zerstören, andere Menschen
anschreien oder sogar verletzen, sich selbst schaden
– sowie unkontrollierte Aggressionen, stellen für
Betroffene und Angehörige eine große Gefahr dar.
Warum haben manche Menschen die Absicht,
anderen Menschen körperlichen oder psychischen
Schaden zuzufügen? Warum empfinden Menschen
Freude an Zerstörung?

Quelle Oberberg Literatur für Ärzte und Psychiater

Das Schlimme ist, wenn ich meinem inneren Gefühl,
meiner inneren Stimme keinen Raum, keine Frequenz
nach außen geben darf verbotener Weise, wird sich

diese Gefühl nach innen richten und so nach und nach großen Schaden in uns und unserem Körper anrichten.

Denn merke auf! Ein Gedanke ein Gefühl das entsteht, ist zunächst einmal ein Impuls. Und wie wir wissen sind Impulse Signale, die elektromagnetische Wellen aussenden, und somit wiederrum mit elektromagnetischen Wellen in Resonanz gehen.

Darf ich meinem Sein, meinem Eigenständigem Denken keinen Raum geben, gehen diese Gedanken zurück in mein Selbst, und werden als nicht relevant oder sogar als falsch abgelegt. Da passt wohl etwas nicht in das Umfeld des allgemeinen Weltbildes. Fataler Weise geschieht folgendes: Wir hören auf zuzuhören. Nach innen zu lauschen, was uns unser Körper und unsere Gefühlswelt sagen will. Somit werden wir unserer Wahrheit gegenüber Gefühlskalt. Unsere Emotionen sterben langsam ab.

Was bleibt ist ein Gefühlsresistenter Körper und Geist. Der frisch geborene Soziopate erklärt sich selbst zum einzig wahren Realisten. Und, wie sollte es auch anders sein, vielleicht hat er sogar vor, in Kürze selbst eine Familie zu gründen. Dieser Familie kann es dann passieren, dass sie genauso einen kleinen Soziopaten großziehen, der da so perfekt ins Lebensmodell passt. Prädikat besonders kalt und realistisch. Gefühle haben in so einer Familie nichts verloren. Ok, vielleicht huscht hin und wieder einmal eine Träne oder ein Lächeln über das Gesicht. Aber um Himmels Willen ja nicht zu viel davon, denn wir wollen schließlich keine Gefühle entwickeln.

Jetzt kommt allerdings der Oberhammer. Denn diese einzigartige doch so realistische Emotionslose perfekte Familie, wundert sich doch tatsächlich im hohen Alter, wo sie vielleicht etwas Hilfe gebrauchen könnten, dass sich der doch so perfekt realistische emotionslose Nachwuchs einen Dreck um sie kümmert.

Wie konnte das bloß passieren, denn schließlich hat man doch alles für seine Kinder getan, und das ist jetzt der Dank dafür.

Ja, das ist er. Der Dank dafür dass diese Eltern ihre Kinder vom wahren Leben und ihre Emotionen abgeschnitten haben. Sie dadurch zerstörerische Beziehungen durchleben mussten, weil sie mit ihren Gefühlen nicht zurechtkamen. Bestraft oder gedemütigt wurden für ihre Tränen. Immer warten mussten bis ihre Belange an der Reihe waren, falls sie überhaupt an die Reihe kamen. Und so zieht sich das durch die Ahnen Reihe, bis einer kommt der das anders macht. Keine leichte Aufgabe das kann ich euch sagen.

Wenn du spürst, dass es da noch etwas anderes gibt und rebellierst, weil deine Gefühle und deine Wahrheit nach Freiheit kämpfen. Dann hast du vielleicht ein Gefühl davon wie es Don Quichotte erging als er gegen Windmühlen kämpfte. Aber wenn der Wind sich dreht, dann läufst du nicht mehr gegen ihn, sondern mit ihm!

Also sollten wir alle langsam alle wieder damit anfangen uns selbst zu spüren. Damit aus unserer Wahrheit Gesundheit statt Krankheit entsteht. Und wir sagen können, wir sind zurückgekommen, zurück im Leben. Ja, klingt doch eigentlich sehr einfach oder? Also bitte:

Herr zeige mir den Weg! Und er zeigt ihn dir auch. Erstaunlicher Weise ist es ganz einfach. Denn du hast nichts weiter zu tun als auf eines zu achten, und das ist Folgendes!

Stelle dir bitte ernsthaft eine einzige Frage, und fange an dir diese auch ernsthaft zu beantworten. Die Frage lautet: Bin ich mir selbst gegenüber aufrichtig und ehrlich? Das ist doch ziemlich einfach oder? Von wegen. Diese Frage hat es in sich, und ist alles andere als einfach. Allerdings liegt hierin auch der Schlüssel versteckt. In diesem Moment wird dir das Ausmaß deiner Selbstverleugnung nämlich erst bewusst. Hast du jetzt wirklich den Mut dazu das sogenannte Unkraut deiner Seele zu jäten?

Wenn ja, herzlichen Glückwunsch! Damit gehörst du zu den Gewinnern. Wenn dich an dieser Stelle dein Mut bereits verlassen hat, dann schlage besser das Buch wieder zu. Denn es wird nutzlos sein für dich. Lebe weiter als blinder Passagier auf der Erde. Du hast es ja so offensichtlich so gewollt.

Wenn du jetzt weiter liest und dabei in dich schaust, dann wirst du aus der Reihe tanzen. Dir muss ab sofort auch bewusst sein, dass du fortan eventuell andere vor den Kopf stößt, und sie ziemlich sauer auf dich werden könnten, wenn du nun ihre Glaubenssätze ablehnst da du deine eigenen wiedergewonnen hast. Ihre Komfortzone wird erheblich beschädigt werden.
Dein Gegenüber weiß dass sein Leben zwar bequem, aber auf Dauer eben nicht gesund ist. Jedoch gefällt es ihm so wie es ist. Warum sollte auch was verändert werden. War doch gut so.

Du hast eine Entscheidung getroffen. Eine Entscheidung für dich, und den Weg zurück zu dir. Damit hast du aber auch dein Umfeld aufgerüttelt. Und nicht jeder wird davon begeistert sein. Sei aber du begeistert von dir. Denn du hast ein Mittel gefunden, gegen das wuchernde Unkraut in dir, welches dein Leben erstickt, und krank macht. So nach und nach wird es allerdings lichtvoller, heiter und gesünder werden.

Dein Leben verwandelt sich von der Fremdbestimmung hin, zur Eigenermächtigung. Du wirst diesen deinen Weg nicht alleine gehen müssen. Dir werden Menschen begegnen die genauso erkannt haben wie du. Als gehe beherzt und tapfer an die Sache heran. Beantworte nun bevor du weiterliest, diese eine wichtige Schlüsselfrage: Bin ich mir selbst gegenüber wirklich ehrlich?

Und wie lief es mit der Erkenntnis?

Also ich habe nach ehrlicher Innenschau die volle Punktzahl erreicht. Die hundert Prozent wenn es darum geht zu wissen, dass es falsch ist die Klamotten im Schrank liegen zu lassen und sich erst einmal emotional zu trennen, denn mit Zahnbürste im Bad gibt es immer noch einen Weg zurück.

Ich bin en Meister darin, mir alles schön zu reden, solange bis mir davon ganz schwindlig wird. Merke auf Schwindelig! Logo, ich schwindele mich 24 Stunden lang an. Komisch das da mein Körper seltsam reagiert. Wie kann er mir das nur antun?

Mag sicher mit daran liegen dass ich zwar selbstbewusst auftrete, allerdings ein wenig ausgeprägtes Selbstwertgefühl habe. Das merkt natürlich keiner und das ist auch gut so. Das merke nur ich, nachts im Bett wenn ich wieder alleine einschlafen muss und mich darüber ärgere dass es so ist. Dabei habe ich doch eigentlich nicht einmal die Angst davor eine grundlegende Entscheidung für mein Wohlbefinden zu treffen, sondern eher Angst vor der Emotion die dahinter steckt. Besser gesagt die Emotion die ich erwarte das sie mir entgegenspringt.

Anschuldigungen, Schuldgefühle, Wut, Tränen, Unverständnis, Beleidigungen usw.

Das sind heftige Gefühle die es da gilt zu ertragen wenn der Tag X gekommen ist. Da habe ich doch lieber noch eine Zahnbürste im Bad.

Krass ist, dass es alleine meine Vorstellungen sind über die möglichen Reaktionen meines Partners. Ich allerdings, sicherheitshalber, das komplette Szenario schon mal gründlich durchgehe und natürlich „ durchfühle" Muss ja schließlich wissen was da so alles auf mich zukommt.

Und ich leide. Oh Gott kann ich leiden.

Ein altes Sprichwort sagt, in dem Maße wie du dir erlaubst zu leiden, in dem Maße wirst du lieben.

Und ich liebe. Oh Gott kann ich lieben.

Aha, und schon kommt eine Erkenntnis angeflogen. Ok, ich liebe. Super. Ich zeige meine Liebe denn so soll es auch sein. Das Opfer der Begierde muss jetzt nur noch von meiner Liebesfähigkeit überzeugt

werden. Na, das ist doch schaffen oder? Und ich weiß auch wie:
Ich bin hübsch, fleißig, intelligent, zuvorkommend, kann gut kochen, und werde ihm das Leben bei mir so schön machen, dass er mich nie wieder verlassen will.
Herzlichen Glückwunsch, das ist ihr Hauptgewinn!
Mister Couch Potato, mit Machoallüren aus Mama Hotel, der es sich dummerweise auch leisten darf so zu sein.
Ich muss jetzt leider an dieser Stelle herzhaft lachen.
Und ich glaube es bedarf keinerlei weiteren Worte!

Wenn du danach suchst wirst du sie finden.
Die so genannte Gebrauchsanleitung für das Leben. Ok, keiner hat gesagt dass es leicht wird! Ist eher so wie bei IKEA, irgendetwas fehlt immer, oder es ist doppelt.

Im neuen Schlauberger Deutsch gibt es ein Wort das heißt Karma. Ich liebe es, denn seit Jahren, ist es ist das Beste Wort für Unzulänglichkeiten für die ich keinerlei Verantwortung übernehmen will. Hilft auch bei Ausreden für Partnerschaftliche Probleme und deren momentanen gefühlten Ausweglosigkeit.
Irgendwie beruhigt mich das aber auch. Denn ich kann mich dadurch von meinen Sorgen distanzieren.
Meine Gedanken schweifen vom Thema ab und

suchen geistig den wahren Schuldigen an diesem meinem miserablen Zustand.

Karma heißt übersetzt: Unvollendete Emotion! Ein klare Aussage die es in sich hat. Im Sanskrit wird Karma wie folgt beschrieben: „Karma bezeichnet ein spirituelles Konzept, nach dem jede Handlung – physisch wie geistig – unweigerlich eine Folge hat.
(Quelle Google)

Ist es dann nicht so, das Karma ein spirituelles Wort für das Leben an sich ist?
Karma und Wiedergeburt stehen immer im Zusammenhang und das ist auffallend. Durch die Suggestionen unseres Umfeldes in dem wir aufwachsen und die Umwelteinflüsse an sich, bleibt uns doch kaum mehr Zeit, die wir für uns nutzen können, um uns so zu fühlen und zu spüren, was uns glücklich macht und was nicht. Und das bevor wir krank werden von dem Druck der Masse, die uns stets ein schlechtes Gewissen suggeriert. Die Medienwelt an der wir uns offensichtlich orientieren gibt das Ihrige dazu. Folglich landen wir in Depressionen, oder Süchten, weil die grinsenden Vorbilder die fünf Sachen gleichzeitig erledigen, und dabei noch schlank durchtrainiert und gut aussehen, nichts anderes sagen als: Schau mal in den Spiegel du Pfeife, dann weißt du wo du stehst, so gehörst du jedenfalls nicht dazu!

Und was machen wir Frauen? Wir legen uns noch viel mehr ins Zeug um zu gefallen und diesem Idealbild zu entsprechen. Nach Anerkennung hechelnd, mittlerweile egal durch wen, fühlen wir uns als Außenseiter, und sind heile froh wenn uns überhaupt noch jemand bemerkt. Den Herrn der Schöpfung mag es vielleicht ähnlich ergehen. Allerdings haben sie gegenüber uns Frauen einen Heimvorteil, der im wahrsten Sinne des Wortes auch von daheim in die Wiege gelegt wurde.

Männer stehen immer noch, auch im 21 Jahrhundert, mehrheitlich an erster Stelle. Ihnen wurde das Selbstvertrauen anerzogen, wir müssen es uns schmerzhaft erkämpfen.

Aus dem Emotionalen Schraubenlager einer Klientin erreichte mich folgende Nachricht.

Liebe Claudia, ich habe deinen Rat befolgt und mir die Schlüsselfrage nach meiner Ehrlichkeit mir selbst gegenüber besonders gründlich beantwortet. Zu meinem Erstaunen stellte ich fest, dass ich sicher mir selbst gegenüber ehrlich war und dieser Zustand so lange anhielt bist jemand kam und etwas von mir wollte. Dann verlor ich sofort wieder meine innere Sicherheit und fing wieder damit an, anderen etwas abzunehmen zu dem sie offensichtlich zu faul waren es selbst zu tun.

Schlussendlich ärgerte ich mich mehr über mich selbst, als ein einfaches Nein an dieser Stelle an Ärger hätte anrichten können. Ich nahm mir also ab sofort vor, dass ich beim nächsten mall nicht mehr über meine Grenze gehe. Gesagt getan.

Was dann geschah, schockierte mich. Und ich kann es nur bestätigen, wir Frauen dienern unterbewusst bis zum Umfallen, und hören wir damit auf werden wir sprichwörtlich für unseren Widerspruch ans Kreuz genagelt. Dann doch lieber die Klappe halten und am besten gleich damit aufhören selbstständig zu denken.

Schaue ich mit dem Verstand, empfinde ich auch keine Emotion dabei. Ohne Gefühlsduseleien gibt es auch kein Gemecker. Ich will gemocht werden und nicht verstoßen, nur weil ich mal Nein statt Ja gesagt habe. Ich merke ich brauche erst einmal einen Vorschuss an innerer Stärke, Eigenliebe und Gelassenheit. Dass ich die Folgen einer sogenannten Befehlsverweigerung auch weg stecken kann die Widerrede tatsächlich hinter sich herzieht. Ich hätte das zuvor nie gedacht. Es liegt also noch ein weiter Weg vor. Die Welt ist mein Freund, und ich mein größter Feind. Aber das weiß ja keiner, ich will ich doch nur dazugehören. Schließlich sind alle so. Langfristig wird es in meinem Leben zu einer gravierenden Veränderung kommen. Ich brauche nur etwas mehr Selbstvertrauen zu mir. Aber das schaffe ich.

Soweit die Schilderung .

Das Leben ist sprichwörtlich kein Ponyhof. Was für ein fataler Glaubenssatz hat sich da eingeschlichen. Ist das wirklich meine Überzeugung, oder wieder einmal eine Ausrede für Unzulänglichkeiten? Die Faulheit in uns die lieber den Fernseher anschaltet um zu erfahren wie wichtig es ist, wenn in China ein Sack Reis umfällt, während unser eigener Sack mit Reis vor der Tür, noch immer nicht aufgekehrt ist.

Was ist uns wichtiger? Der Dreck vor der eigenen Türe? Oder der Dreck der anderen? Um den Dreck der anderen muss ich mich nicht selbst kümmern, und kann zusehen, oder klugscheißen wie man solchen Müll beseitigt. Ich kann meine Meinung kundtun, ohne dafür zur Rechenschaft gezogen zu werden. Ist doch prima. Viel geredet nichts passiert. Anders bei meinem Sack Reis vor der Tür. Darum muss ich mich kümmern, keiner bewundert oder lobt mich, und auf Hilfe brauche ich auch nicht zu hoffen. Da die örtliche Presse keinerlei Interesse an meiner Aktion zeigt, ist es auszuschließen das überhaupt jemand mitbekommt das ich vor meiner eigenen Tür kehre. Allerdings wird das eher selten vorkommen dass ich überhaupt Zeit finde vor meiner Türe zu kehren, denn als erstes muss ich mich ja um den Dreck der anderen kümmern.

Es sei denn, ich WILL das unbedingt! Dann werden die anderen eben warten müssen, oder ihren Scheiß alleine machen.

Soll ich dir was verraten? Auf deiner Brille durch die du die Welt betrachtest sind lauter kleine Kleckse. Und wenn du nach einem Tuch suchst um besser sehen zu können, wirst du dieses Tuch auch finden. Aber nicht erschrecken, wenn die Kleckse auf deiner Brille verschwunden sind. Denn die Welt ist eben doch ein Ponyhof! Probiere es mal aus.

Bin ich mir selbst gegenüber ehrlich?

Wer diese Frage zu hundert Prozent mit ja beantworten kann, möge mir bitte unbedingt sofort schreiben um mir sein Geheimnis zu verraten. Ich kann es bis heute noch nicht. Irgendwo in mir ist immer ein Fleck der schön geredet werden will. Gerne sehe ich auch über mein sicheres Bauchgefühl hinweg, das mich zuverlässig vor einer Fehlentscheidung warnen will, ich es aber nicht wahrhaben möchte das das doch so schöne Gefühl in mir tatsächlich irgendwann im Chaos enden soll. Dummerweise tut es dies aber doch.

Wenn ich jetzt zeitlebens so weitermache und jegliche Warnungen in mir ignoriere, dann verlasse ich eines Tages die Erde mit einem gewaltigen Rucksack unerledigter Aufgaben. Dann schleppe ich diese nicht aufgearbeiteten Emotionen Post wendend als sogenanntes Karma wieder auf die Erde. Na super, das ist genau das was ich will!

Also habe ich es mir in diesem Leben auf den Schirm geschrieben diesmal mehr auf meine Intuition, sprich sicheres Buchgefühl zu hören. Keiner hat gesagt dass es einfach wird. Und wenn ich mich dann schon in so eine miserable Situation hineinmanövriert habe, dann natürlich nur weil wieder einmal keiner macht was ich sage. Also wie soll ich bitteschön da so schadensfrei wie möglich wieder heraus kommen? Ich habe weder Lust noch Zeit dafür immer wieder die gleichen Themen zu durchleben. Aber egal wie ich es angehe, gefühlt drehe ich mich immer nur im Kreis.

Ich lerne wunderbare Menschen kennen, und nach einiger Zeit verschwindet dieses wundervolle Gefühl weswegen ich mich ursprünglich auf diesen Menschen eingelassen hatte. Und ich stelle mir zeitlebens die Frage ob mir zu Beginn des Kennenlernens nicht einfach nur etwas vorgegaukelt wurde. So wie bei einem Bewerbungsgespräch. Ich zeige mich ausschließlich nur von meiner besten

Seite, hübsche hier und da noch etwas auf, und lasse das eine oder andere unter den Tisch fallen. So wie sich jemand beim Bewerbungsgespräch präsentiert ist kein Mensch wirklich in seinem Arbeitsleben.

Leute das ist unfair! Das ist Vortäuschen falscher Tatsachen, und blöd dann aber auch wenn die Entscheidung genau wegen dieser Kriterien getroffen wurde.

Somit gehen wir freilich wieder einen Umweg. Und das kostet enorm viel Zeit Geld und Nerven. Nur wie komme ich da raus; Wie schaffe ich es so selbstbewusst zu sein um mich meiner Unzulänglichkeit lieben zu können. Ich kenne meine Fehler und mag mich deshalb selbst schon nicht leiden, wie sollen mich dann die anderer mögen? Und freilich machen das auch alle anderen so, damit stehe ich nicht alleine. Ich will eben nicht mehr wie alle anderen sein. Das ist eine echte Herausforderung, und fühlt sich schon beim daran denken äußerst anstrengend an. Kann alles tatsächlich nur an einer einzigen Frage liegen?

Ja, das tut es. Es ist der einzige Weg um zu mir zurück zu finden. Belüge ich mich selbst, ziehe ich unweigerlich die Menschen an die zu dieser Selbstlüge passen werden. Damit gerate ich nur tiefer in die Sackgasse meines eigenen Betrugs. Und ewig kann keiner die Schuld auf andere schieben. Ok, manche tun das, aber ich bin nicht manche.

Je mehr ich über diese Frage nachdenke, umso mehr macht sich gähnende Leere in mir breit. Denn so wirklich weiß ich gar nicht, was ich tatsächlich will. Ich lasse mich treiben im Fluss der Möglichkeiten. Und wenn ich mir dann schon mal die Ehre gebe um an Land zu gehen, und es nicht so läuft wie ich es will, ziehe ich mich beleidigt zurück, getreu dem Motto; es versteht mich keiner!

Ich kann so stur sein, wenn ich mir etwas in den Kopf gesetzt habe. Und durch diese Sturheit erreiche ich eigentlich nur eines nämlich, ich erstarre förmlich. Ecke überall an, und wundere mich darüber. Das liegt aber daran, dass ich mir so viele Gedanken darüber mache, wie ich eine Sache für mich erledigt sehen will, und wenn die anderen dann nicht mitspielen, muss ich mir wieder neue Gedanken darüber machen. Das sind dann seltsamer Weise auch immer die Momente, in denen ich mir gerne mal eine Zehe breche, oder mich anstoße. Bein oder Armschmerzen entwickle und der liebe Herr Doktor mich als Simulant hinstellt weil er nichts finden kann, mich aber dennoch mit Schmerztabletten und guten Wünschen wieder nach Hause schickt.

Im Besten Fall verschwindet alles wieder von alleine. Oder habe ich etwa aus Versehen eine kleine Kurskorrektur vorgenommen? Oder liegt es daran, dass ich plötzlich Hilfe erfahren durfte ohne sie mir erkämpfen zu müssen? Und warum muss ich eigentlich darum kämpfen Hilfe zu bekommen?

Eine Klientin schrieb mir diesbezüglich einige sehr interessante Zeilen:

Ich glaube den direkten Zusammenhang meiner Schmerzen im rechten Bein, mit der Art und Weise wie ich lebe erkannt zu haben. Mein rechtes Bein schmerzt bis zur Unbeweglichkeit beim Aufstehen und wenn ich mich wieder hinlege. Ich war diesbezüglich auch beim Arzt und somit ist physisch alles abgeklärt.

Ich treibe Sport, Dehne mich regelmäßig und habe auch das Kraft Training für mich entdeckt. Wenn ich in Bewegung bin ist alles gut. Nur am Morgen und am Abend habe ich so starke Schmerzen das ich mein Bein kaum belasten kann. Nachdem mein Arzt mir versicherte mit meinem Bein sei alles in Ordnung ist, habe ich mir natürlich Gedanken darüber gemacht was mit mir los ist. Da es die rechte Körperseite ist die dem des Materiellen zugeschrieben wird, wurde mich schlagartig klar, dass ich im wahrsten Sinne des

Wortes überlastet bin, und diese Erkenntnis brachte die Erlösung mit sich.

Da ich keinerlei Lust dazu habe für den Rest meines Lebens Schmerzmittel nehmen zu müssen, habe ich mich darüber informiert was die psychischen möglichen Ursachen sein können die hinter meinen Schmerzen stecken. Mir wurde so einiges klar und fortan begann ich bei Schmerzen in mein rechtes Bein hinein zu fühlen. Mir war klar, dass ich tatsächlich hoffnungslos überlastet war. Allerdings ließ es die Situation momentan auch nicht gerade zu große Veränderungen herbei zu führen. Und während ich über mögliche Veränderungen nachdachte fühlte sich mein Bein immer mehr wie ein Turm aus festem Beton an. Der Schmerz schoss auch in die Leiste und ich versuchte mein Bein zu bewegen. Unter starken Schmerzen und schwerer Kraftanstrengung funktionierte es dann endlich. So durfte das nicht mit mir enden. Ich wollte weitergehen, und ich tat es auch.

Also machte ich es mir zur Aufgabe das herauszufinden, und filterte rückblickend alle Emotionen, Begebenheiten sowie Gedanken, Vorstellungen aber auch Visionen zu dieser Thematik heraus. Da nun auch noch mein rechtes Auge anfing mein scharfes Sehen zu boykottieren musste dringend eine Lösung her. Jede Form der Selbsthilfe war willkommen. Ich machte Augentraining, was sich als Herausforderung darstellte. Am schwierigsten war es für mich zwölfmal mit geöffneten Augen von oben nach unten zu sehen. Zu meinem Entsetzen gelang es mir nicht. Meine Augen glitten stets zur rechten Seite hin ab. Es war unwahrscheinlich anstrengend und erforderte meine volle Konzentration. Ich musste rechts und links meine Hände wie Scheuklappen halten um nicht abgelenkt zu werden. Ich konnte zuvor zu 100% perfekt sehen und so sollte auch bleiben. Die mögliche psychische Ursache lag wohl in der starren einseitigen Betrachtungsweise wie ich die Dinge anging, und mich dabei ständig überforderte.

Ich verbiss mich direkt in ein mögliches Prozedere bis ich eine für mich schlüssige und vom Kopf her akzeptable Lösung fand. Apropos verbissen, ich bekam in dieser Zeit tatsächlich eine Beißschiene verordnet, da ich zu allem Überfluss auch noch anfing Zähne zu knirschen. Langsam Schritt für Schritt holte ich mir meine Lebenskraft zurück, je ehrlicher ich zu mir selbst geworden bin.

Schlussendlich ist es wirklich so. Wenn ich mich ständig selbst belüge und immer weiter mache mit dem was ich von vorn herein schon weiß das es nicht gut für mich ist, dann wird mein Körper mich irgendwann dazu zwingen damit aufzuhören. Ich habe nun meine Aufgaben besser delegiert und sage auch mal nein, wenn es mir zu viel wird. Seit vier Wochen bin ich nun komplett schmerzfrei. Es gelingt mir zwar noch nicht immer absolut ehrlich mit mir selbst zu sein aber ich arbeite daran.

Wenn wir rückblickend alle Emotionen, Vorstellungen, Glaubenssätze, Suggestionen und die dazugehörigen Thematiken zusammenfassen, finden wir sehr schnell heraus warum unser Körper schmerzhaft darauf reagiert!

Der Zusammenhang von körperlichen Schmerzen als Folge mangelnder Gedanken Hygiene ist nicht neu. Nur ich unterliege zumindest dem Irrglauben, dass mir so etwas sicher nicht passieren kann, denn ich achte sehr genau auf meine Gefühle. So etwas geschieht immer nur bei den anderen. Von wegen. Als Meisterin des Schönredens habe ich mir in einer wirklich aussichtslosen Beziehung meinen linken Zeh gebrochen.
 Nach sechs Wochen war der Zeh wieder verheilt, allerdings mein Arbeitsloser zwei Meter Mann in Strumpfhose immer noch an meiner Seite. Und was soll ich sagen, zack, bekam ich eine sehr schmerzhafte Gürtelrose, natürlich links. Ich bin mir sicher wer jemals Gürtelrose hatte weiß wovon ich spreche. Das sind Schmerzen, die sind nicht von

dieser Welt. Aber auch die vergingen, und die Gürtelrose heilte dank Schulmedizinischer Behandlung, sowie beginnender geistiger Erkenntnisse rasch ab.

Allerdings die Strumpfhose tanzte immer noch um mich herum, und nichts hatte sich verändert. Von wegen geistiger Erkenntnisse. Eher ein geistiges emotionales Durcheinander, gefolgt von heftigen Kopfschmerzen, Brechreizen und Magenverstimmungen die immer häufige auftraten. Jetzt wurde es aber langsam ernst, äußert unangenehm, denn Medizin half nicht mehr so wirklich. Es wurde Zeit zu handeln.

Was sich nun in meinem Leben auszubreiten drohte, war weitaus schlimmer, als die Vorstellung allein bleiben und zu leben zu müssen. Schlimmer konnte es de facto nicht mehr werden.

 Also fasste ich beherzt einen Entschluss. Ich setzte den zwei Mann Meter 20 DEN Hautfarbe mit all seinen Schwindelerregenden Versprechungen, Beteuerungen und bunt geschmückten Lügen, und mit samt seinen Gesäusel von Liebesbeschwörungen vor die Tür, basta!

Vielleicht glaubt mir an dieser Stelle niemand, aber ganz ehrlich. Als die Haustür endlich hinter mir ins Schloss fiel, fiel gleichzeitig eine Tonnenschwere Last von meinen Schultern. Ich fühlte mich befreit. Ja, ich weinte. Aber es waren nicht einzig allein die Tränen der Trauer dass alles so dramatisch enden musste. Nein, es waren viel mehr die Tränen der

Erleichterung endlich das getan zu haben was mein Herz schon lange wusste. Jetzt in diesem Augenblick, war ich ehrlich zu mir selbst. Erleichtert frei und glücklich!

Immer wieder werden wir auf ein und dieselbe Frage zurückgeworfen: Bin ich mir selbst gegenüber ehrlich? Wenn alles nur von dieser einen Frage abhängt. Dessen Antwort zwischen Gesundheit und Krankheit entscheidet, dann ist das doch einfach genial oder?

Anika eine Klientin, und mittlerweile gute Freundin von mir, schickte in diesem Zusammenhang folgende kurze Zeilen:
Hallo Engelchen, diese Frage hat es in sich. Sie hat mich ziemlich zum Grübeln gebracht. Und ich habe die letzten Wochen, Monate oder sogar noch weiter, mein Leben Revue passieren lassen. In meiner sehnlichst erhofften Liebesbeziehung geht es wenn überhaupt, nur schleppend voran, und ich habe mich in deinem Text wiedergefunden. Ein bestimmtes Ziel wurde recht stur von mir verfolgt, und seit letztem Jahr ist der absolute Stillstand eingetreten. Du weißt von wem ich hier spreche.
Seit vier Wochen schmerzt nun mein linker Ellenbogen. Ich dachte es kommt von der Decke die

ich gerade gehäkelt hatte. Aber das kann nicht sein, denn mit links mache ich da nicht so viel. Daraufhin habe ich noch einmal über die letzten Monate nachgedacht. Und stellte dabei fest, dass ich seit vier bis fünf Wochen fast gar nicht mehr an ihn denke. Es scheint als wäre er mir langsam egal geworden, was er natürlich nicht ist. Aber ich habe mich mit der Situation arrangiert.

Soweit Anikas Erzählung. Beim genaueren Lesen fällt auf, dass Anika die Schmerzen im linken Ellenbogen hat, seitdem sie sich einredet Tom sei ihr egal geworden. Sie sagt selbst, dass er ihr das natürlich nicht ist, sie sich aber mit der Situation arrangiert hat. Ein Paradebeispiel für Unehrlichkeit sich selbst gegenüber. Anika ist zum Meister des Selbstbetruges geworden, was schlicht weg fatale Folgen für ihre Gesundheit hat.
Wir sollen uns nicht mit Situationen arrangieren. Wir müssen ehrlich mit uns selbst sein und durch diesen IST Zustand hindurch gehen. Der Wahrheit ins Auge sehen. Im Beispiel von Anika bedeutet dies, dass Tom heute nicht anwesend ist. Auch wenn sie sich ihn noch so sehr herbeisehnt, er ist es definitiv nicht. Anika müsste sich also ehrlich die Frage stellen, ob es nicht der größere Schmerz sei, sich damit zu arrangieren, anstatt durch die Tatsache einmal beherzt hindurchzugehen, dass sie im Moment eben alleine ist. Anrufe bekommt sie ja auch keine von ihm, oder irgendwelche nette Nachrichten die ihr ein

Zeichen geben würde das ihre Gefühle erwidert werden.

Es bedeutet im Gefühl zu sein, und nicht mit dem Kopf ein Arrangement zu treffen. Sondern in sich hinein zu spüren. Das Herz wahrnehmen wie es ruhig und gleichmäßig immer weiter schlägt, und somit der Angst entfliehen das es wehtun könnte. Das Herz ist in so einem Moment überraschender Weise tatsächlich ganz ruhig und entspannt, Und wovor sollte Anika sich eigentlich fürchten, denn es tut ja bereits schon fast chronisch weh. Es ist keiner da, der ihre Liebe erwidert, mehr Schmerz geht nicht. Wenn ich mich, nur mal so zum Beispiel, in mein Herz hineinfallen lasse, ist da ein großer weiter Raum. Und ich werde spüren dass es mich eher tröstet, als noch mehr verletzt. Denn aller Widrig – und Einsamkeit zum Trotz wird es ruhig und gleichmäßig weiterschlagen.

Der Tag hat 24 Stunden, und das ist eine verdammt lange Zeit. Ich weiß was es bedeutet verliebt zu sein in einen Mann der Lichtjahre entfernt ist. Oder einfach nur geistig so verplant, dass er von seiner Umwelt gar nichts mitbekommt, da er anscheinend mit anderen Dingen zu sehr beschäftigt ist. Was soll Anika also am besten mit den 24 Stunden Zeit anfangen, wenn Tom von guten Wünschen und Denken alleine nicht auf ihrem Sofa erscheint. Vielleicht noch eine Decke häkeln? Oder Mützen stricken, so wie ich?

Warte nicht auf das große Wunder sonst verpasst du nur die vielen kleinen. Mach die Augen wieder auf. Du hast 24 Stunden Zeit dafür die kleinen Wunder wieder in dein Herz hinein zu lassen. Ok, vielleicht sind es auch nur 16 Stunden, weil du eventuell acht davon schlafen wirst, dennoch. Du hast 16 Stunden Lebenszeit die du nur für dich alleine verplempern darfst. Es wird immer deine Entscheidung sein und auch bleiben was du daraus machst. Aber es werden auch immer nur deine eigenen deine Gefühle sein die du dabei empfindest, und für die nur du alleine die Verantwortung trägst. Aber wenn du schon die Wahl hast, dann sei dabei wenigstens ehrlich zu dir selbst, und höre auf deine Zeit damit zu verschwenden, dir dein warnendes Bauchgefühl schön zu reden. Glaube mir, es wird ganz sicher nicht besser davon. Was übrigens mein kleiner Sturkopf und ich, definitiv zu hundert Prozent bestätigen können!

Eine liebe Freundin von mir schrieb neulich: In dem Zusammenhang kann ich aber sagen das ich diesmal auf mein Bauchgefühl gehört habe, und trotzdem ist es immer noch schwierig. Die Schuld dafür kann ich niemand geben. Ich weiß, dass auch bei mir, noch vieles bearbeitet werden muss. Das habe ich gerne angenommen und getan.

Keiner hat gesagt dass es leicht wird. Und keiner hat tatsächlich auch die Lust dazu sich ewig zu hinterfragen und zu analysieren ob das alles so richtig ist was er da gerade so fabriziert. Getreu dem Motto: Jetzt mach ich mal dann sehe ich´s ja. So geht das selbstverständlich auch.

Alles wird leichter wenn ich gewillt bin, sofort hinzu schauen sobald der Schmerz erscheint. Erstens, habe ich dann nicht so viele Baustellen auf einmal. Und zweitens, erledigt sich dann auch, seltsamer Weise das eine oder andere Problem tatsächlich wie von selbst. Und diese kleine Minifrage bedeutet sicher keinen großen Aufwand. Im Prinzip ist es wirklich sehr leicht herauszufinden, welche überstrapazierte Emotion eine körperliche Stauung auslöste, die wiederum eine verkrampfte Haltung mit sich brachte. Denn es ist unmöglich entspannt über ein Problem nachzudenken. Ich kann entspannt träumen, aber sicher nicht entspannt Probleme wälzen. Und das geht schon gar nicht, wenn meine Gefühle dabei verletzt wurden. Mein Geist wird sich ebenso verkrampfen, und somit gewaltig in seiner Bewegungsfreiheit eingeschränkt sein. Mein Geist, kann aber auch vollständig blockieren, um sich der Thematik ganz zu entziehen.

Also wird mir wohl oder übel in diesem Leben, nichts anderes übrig bleiben als meiner Seele den nötigen Frieden zurück zu bringen, ohne dabei über mein Ego zu stolpern. Ich muss also lernen die Verantwortung für mein Handeln, aber auch für mein Nicht-Handeln, voll und ganz zu übernehmen. Puh, klingt anstrengend, und dazu habe ich, ja gleich sowas von überhaupt gar keine Lust dazu. Ergo; Ignorieren macht es aber auch nicht besser. Ignorieren, macht mich krank. Was für ein blöder Mist. Kann ich da nicht einfach eine Pille schlucken und alles ist wieder gut? Ne, kannst du nicht. Wie gesagt vom Ignorieren wird es nur noch schlimmer werden.

Wie gelingt es mir als also herauszufinden, wo ich gelitten habe und nicht erlöst wurde? Gefühlt leide ich ständig unter den anderen. Und dieses Gefühl treibt mich an, überzogene Forderungen an mich und andere zu stellen. Ein Teufelskreis. Wo fanden Verletzungen statt und wurden nicht geheilt? Wieso bekommen andere immer das was sie wollen und ich nicht? Warum können andere so scheinbar gelassen über den Dingen stehen, während ich schon beim hinsehe explodiere, oder mich Augen rollend von dem Geschehnis abwende. Manchmal denke ich, bei mir ist was kaputt. Oder das gewisse LMA Gefühl wurde bei meiner Geburt einfach nicht mitgeliefert.

Dabei will ich doch gar nichts großartiges, nur ein Gefühl davon, wie es ist geliebt zu werden, so bedingungslos wie ich doch auch liebe. Liebe ich wirklich so bedingungslos? Oder opfere ich mich auf um dafür Liebe zu bekommen? Und schon landen wir wieder bei der ein und derselben Frage: Bin ich mir selbst gegenüber ehrlich?
Ach so, ihr wollt wissen was LMA bedeutet?
Bitteschön: Leckt mich am Arsch!

Plan B! Kaufe dir ein Buch und lese dich schlau über das Weibliche und das Männliche Prinzip, die Universellen Gesetze, Gott und der Teufel, Engel und wie man selbst zu einem wird. Wie ich mich Reich und schön denke, die Bibel, Gesundheit ist kein Zufall, Platon, und Siddhartha von Herrmann Hesse.

Ich habe wirklich einen ganzen Bücherschrank voll mit Plan B! Dessen Einbände ich sehr genau studierte, denn wirklich gelesen habe ich kaum eines. Ich schlug hin und wieder mal eine Seite auf, las es an, las auf der Rückseite worum es ging, und stellte es dann wieder in den Schrank zurück, oder verschenkte es gleich weiter. Kennt ihr dieses drängende Gefühl etwas unbedingt haben zu müssen, von dem ihr zuvor eigentlich gar nicht wusstet, dass es das überhaupt gibt? So ergeht es mir wenn ich Prospekte von Büchern erhalte die eine Vielzahl von Wissen vermitteln will, dass ich beim durch blättern des Prospektes mich schon wesentlich schlauer fühle als zuvor. Wie schlau bin ich dann erst wenn jenes schlaue Buch bei mir im Schrank steht? Haha, auch nicht schlauer als zuvor.

Oder wie bei meiner sowas von Hammer geilen weißen Lederjacke mit den passenden Stiefeletten dazu, die ich mir in einer sündhaft teuren Boutique am Gardasee gegönnt hatte. Ich musste die Teile unbedingt haben weil ich mich darin so unbeschreiblich sexy gefühlt hatte. So ähnlich wie Wonderwoman. Zu Hause angekommen landete beides im Schrank und wurde glatt vergessen. Als ich jetzt umzog, fiel es mir natürlich in die Hände. Und Wonderwoman erblühte zu neuem Leben. Verliebt drückte ich das weiche Leder an mich, und schloss die Augen für einen Moment. Ich fühlte den warmen Wind auf meiner Haut, roch die Italienische, romantische Luft, atmete tief ein, und sah mich in dieser Jacke im Sonnenuntergang am Strand spazieren, Hand in Hand mit einem Mann der mich genauso liebt wie ich ihn. Wow, ich bekomme gerade ein Gänsehaut bei dem Gedanken daran. Blöd aber auch das ich alleine an den Gardasee gefahren bin.

Aber zurück zu Plan B!

Am interessantesten fand ich allerdings die Bücher, in denen die durch aus nach zu vollziehende Erkenntnis beschrieben wird, in der sich unser Körper in eine Männliche und in eine Weibliche Seite teilt. Rechts männlich, links weiblich. In diesem Zusammenhang fällt mir ein Kapitel aus dem Buch „Platon" ein. Platon war ein griechischer Philosoph und wurde 427 Jahre vor Christus geboren. Ziemlich alt das Buch, aber keinesfalls altmodisch. Die Erzählung von den Kugelmenschen ist für mich die allerschönste Geschichte die ich jemals gelesen habe. Platon habe ich übrigens gelesen, und wenn wir schon dabei sind, Siddhartha von Herrmann Hesse auch. Aber nun zu Platon der Erzählung seiner Kugelmenschen:

„ Einstmals waren die Menschen kugelförmig mit zwei Gesichtern und jeweils vier Armen und vier Beinen. Sie waren von großer Kraft und großer Stärke, und so vollkommen, dass sie die glücklichsten und freundlichsten Wesen auf Erden waren.
Doch dies erregte bei Zeus und den anderen Göttern Neid und Missfallen, fürchteten sie doch, dass ihnen die Menschen zu ähnlich seien und sie ihnen deshalb nicht mehr die gebührende Verehrung zuteilwerden ließen. So berieten sie, was sie mit den Menschen

*anfangen sollten. Lange wussten sie sich keinen Rat,
denn sie wollten die Menschen nicht töten oder gar
zugrunde richten. Nach langem Überlegen sprach
Zeus: „Ich glaube, einen Weg gefunden zu haben, wie
wir die Menschen erhalten können, sie aber gehindert
werden, uns zu ähnlich zu sein. Ich will jeden von Ihnen
in zwei Hälften schneiden und sie somit schwächen. So
werden sie als schwache Menschen uns lieben und uns
verehren."
So wurden die Menschen zusammen gerufen, indem
die Götter ihnen ein neues, großes Abenteuer
versprachen. Stattdessen aber schleuderte Zeus Blitze
vom Himmel, die jeden Menschen in zwei Hälften
teilte. So wie man Muscheln in zwei Hälften teilt, wenn
man sie in der Mitte auseinanderbricht.
Damit sich die zusammengehörigen Hälften nicht
wieder vereinen konnten, zerstreuten die Götter die
Menschen über die ganze Erde.
Als nun so ihre Körper in zwei Hälften geteilt waren, da
sehnte sich jede Hälfte mit unendlichem Verlangen
nach ihrer anderen Hälfte. Zu spät erkannten die
Götter, dass sie aus Selbstsucht großes Leid unter die
Menschen gebracht hatten. Und so gelobten sie, dass
sich zwei zueinander gehörige Kugelhälften wieder
untrennbar vereinen dürften, wenn sie einander
gefunden hätten. Und somit ist nun seither, ein jeder
auch der Suche nach seinem Gegenstück.*

Ich glaube meine Muschelhälften haben bisher nicht
wirklich aufeinander gepasst. Und der Spruch was

nicht passt, wird passend gemacht hinterlässt früher
oder später gravierende Spuren, oder geht gar ganz
zu Bruch.

An dieser Stelle können wir uns die Unterteilung des
Körpers auch gleich einmal vornehmen.
Wir wollen schließlich eine schnelle Analyse trotz
aller schönen Geschichten, unseres Problems, um
handlungsfähig zu bleiben. Was war es nun also. Wo
und wann fing es an. Was war der genaue Auslöser
dafür, der das Gleichgewicht ins Stocken brachte.
Versuchen wir das jetzt einmal über die Theorie der
Körperhälften und ihrer dazugehörigen Eigenschaften
heraus zu finden. Ok, los geht es:
Wir definieren unsere Körperseiten in rechts und
links. Links steht für das weibliche Prinzip und rechts
für das männliche Prinzip. Die männliche Energie,
sprich das männliche Prinzip wird beschrieben als
hart und kühl. Soso, der Mann muss also von Natur
aus so sein. Klar, früher mussten die Männer das
Mittagessen erst einmal jagen bevor es auf den Tisch
kam. Und das geschah wohl kaum durch Poesie und
lieblichen Gesang. Dafür hat dann Frau Steinzeit, die
Gefühlvolle, Fürsorgliche, Empathische Jägerfrau,
trällernd das Mammut in die Pfanne gehauen. Die
perfekte Arbeitsteilung.
Allgemeinhin gilt für den Mann, es sei denn er trägt
Strumpfhosen, Männlichkeit, Entscheidungen,
Planen, all das materielle, Umsetzen und Handeln.

Aber auch Starre, Stärke, Gewicht im Sinne von Gewichtung, und Schutz.

Bei Familie Steinzeit stelle ich mir das ungefähr so vor: „Schatz, hast du den Säbelzahntiger schon in den Eingang gestellt, draußen wird es langsam dunkel, nicht das noch einer rein kommt. Soviel zum Thema Schutz, und meiner blühenden Fantasie.

Die linke Körperseite, weibliches Prinzip, steht schon wie oben erwähnt für, Weiblichkeit, Gefühle, Wärme, Empathie und Fürsorge.

Nehmen wir nun das Beispiel meiner Klientin, die über Beinschmerzen klagte, sowie über die Sehkraft im rechten Auge. Fangen wir mal mit dem rechten Auge an. Rechtes Auge Prinzip Mann, Kälte Starre und so weiter, bedeutet sicher erst einmal, ich mag einfach nicht mehr hinsehen. Ich bin überlastet mit dem was ich sehe. Klar, wenn ich freilich auf meinen Partner fixiert bin, und nur darauf warte das er etwas falsch macht, dann kann ich, gesetzten Fall er macht wieder etwas falsch, und das wird er zweifelsohne, dann kann ich mich weigern hinzusehen. Daraus erfolgt dummer weise, das ich mürrisch werde, schlechte Laune bekomme und mir verzweifelt denke: Wenn dieser Kerl doch bloß einmal, nur ein einziges Mal alles so machen würde wie ich es will, dann!

Ja, was dann?

Kontroletti macht nichts paletti! Kontrolle nimmt mir die Freude am überraschenden Augenblick. Wie wäre es, wenn ich zur Abwechslung bei mir hinsehe, Gnade walten lasse, und den guten Willen würdige. Linke Seite, weibliches Prinzip. Das würde mich sicher entlasten, und ich könnte trällernd das Mammut in die Pfanne hauen anstatt meinen Partner.

Gleichgewicht ist alles. Eventuell sind wir Menschen zu sehr darauf gepolt worden, einen viel zu starken Fokus darauf zu legen, uns in der materiellen Welt zu etablieren. Aber wer sagt denn dass ich dafür ausschließlich ein unerschrockener Jäger und Sammler sein muss? Und ist trällern beim stark sein eigentlich erlaubt?

Alles muss gefestigt sein in Form von Sicherheit, Stabilität und Stärke. Das ist auch gut so. Habe ich allerdings zu viel davon, oder konzentriere mich zu stark darauf dieses auch zu erreichen erstarre ich. Ich werde bewegungsunfähig sowie Handlungsinaktiv, wie sehr gut an den Beinschmerzen meiner Klientin zu sehen war.
Paare ich allerdings Intuition, Empathie, Fürsorge und Vertrauen, also das Weibliche, linke Seite, mit Sicherheit Stabilität und Stärke, männliche rechte

Seite, komme ich zurück ins Gleichgewicht, oder neumodisch gesagt, zurück in meine Mitte!
Die Starre ist aufgehoben, und ich bin auch wieder bereit dazu Überraschungen zuzulassen. Denn hinter jedem starken Mann steht auch immer eine starke Frau. Oder ein Säbelzahntiger.

Wenn Erholungsphasen fehlen löst auch das eine gewisse Form der Starre aus. Starrsinn fällt mir dabei gerade ein. Rechte Kopfseite schmerzt, eventuell Migräne. Schlecht Luft bekommen durch das rechte Nasenloch. Möglicher Grund dafür; vielleicht mag ich den ein oder anderen eben gerade nicht riechen. Eventuell habe ich auch die Nase voll davon. Von zu viel Arbeit zu viel Druck in der Arbeit, zu viel an finanzieller Verantwortung, oder ich hänge in einer viel zu großen Materiellen Verpflichtung fest, aus der ich keinen Ausweg zu finden glaube.
Die so entstandene Krankheit gibt mir allerdings auch, die nötige Ruhepause dafür um hinzuschauen, ob und wo sich für mich eine Möglichkeit ergibt, aus diesem Dilemma herauszufinden.
Das gleiche Szenario funktioniert selbstverständlich auch in entgegengesetzter Richtung. Nämlich, wenn es an Mut, Stärke sowie Sicherheit fehlt. Dann werde ich mich für eine gewisse Zeit zurückziehen oder zurückhalten, bis ich den Mut dazu aufgebracht habe auch mal etwas anzunehmen, und nicht nur immer zu geben.

Es mir wert zu sein, Materiellen Wohlstand zum
Beispiel, durch mich fließen zu lassen. Vielleicht bin
ich dem „Wohlstands – Odem" der durch mich
strömen will eventuell noch nicht gewachsen. Also
versperre ich mich zunächst für das Geschehen, oder
lasse nur so viel Wohlstand durch mich hindurch, wie
ich es im Augenblick verkrafte, und hinterfrage
ehrlich, wer oder was dahinter steckt, dass ich mich
in diesem Moment so wertlos fühle.
Und zack da ist sie schon wieder die Masterfrage; Bin
ich ehrlich zu mir selbst? Ich sollte zumindest an
dieser Stelle unbedingt ehrlich zu mir selbst sein.
Mögliche Fragen wären zum Beispiel:

- In welchen Situationen fühle ich mich
  wertlos?
- Was verursacht in mir stets ein schlechtes
  Gewissen?
- Wieso fühle ich mich unwohl wenn ich etwas
  geschenkt bekomme?
- Warum fällt es mir so schwer anzunehmen?

Manchmal ist es erdrückend von einem Menschen
beschützt und umsorgt zu sein, den wir eigentlich gar
nicht so gerne an unserer Seite haben wollen. Da
wird Nähe schnell unerträglich, und es baut sich
zudem ein inneres Schuldgefühl auf. Zuviel Nähe
kann in diesem Fall auch in Starre enden, wenn ich
den sogenannten Mumm nicht dafür in den Knochen
habe meine Wahrheit auszusprechen, getreu dem

faulen Kompromiss; besser eine Zahnbürste im Bad des anderen als ganz alleine zu sein. So verschließe ich vor den Tatsachen meine Augen, und wundere mich schlussendlich, dass meine Sehkraft nachlässt.

Manche Sehmuskeln können tatsächlich durch das Starren in nur eine Richtung völlig verkümmern. Da unser Blick nicht nur geradeaus geht sondern auch zur Seite, ist es für eine gesunde Sehkraft unerlässlich überall hin zu schauen.
Ich nehme mir wieder einmal durch die sogenannte Starre, die Freude am überraschenden Augenblick, aus welcher Richtung auch immer dieser kommen mag. Ich habe schlicht weg Angst die gewohnte Blickrichtung zu verlassen, und verhindere damit regelrecht dass auch schöne Überraschungen meinen alten Weg durchkreuzen. Warum schaue ich nicht einmal nach rechts oder nach links? Welche unverarbeitete Emotion steckt hinter dieser Starre? Fürchte ich etwa Ablenkung, und komme dadurch vielleicht sogar vom Weg ab? Allerdings, wer sagt denn dass dieser Weg unbedingt schlecht sein muss? Verschließe ich mich für Inspiration von außen? Erbaue ich mir dadurch eine Barriere, die mir unerwünschte Meinungen anderer fern hält?

Ok, was ich nicht weiß macht mich nicht heiß. Aber klopft da nicht in mir klamm heimlich ein Verlangen an, dass wissen will ob es da noch etwas anderes gibt als die Inneren Bilder meines Starrsinns, der krampfhaft versucht das alte Leben zusammenzuhalten? Wem oder was will ich damit etwas beweisen? Mir etwa? Wobei außer mir kein Mensch weiß das es mir damit nicht gut geht, es sei denn ich spreche darüber. Und da die Mehrheit der Weltbevölkerung keine Gedanken lesen kann tue ich gut daran meinen Mund aufzumachen, und mit Rückgrat und Arsch in der Hose die längst überfällig gewordene Wahrheit auszusprechen. Dafür braucht es freilich nicht die Holzfäller Methode. Hauptsache ist doch ich ehrlich bin mit mir selbst.

Halte ich mich nämlich weiterhin zurück, beschneide ich mich nur noch mehr. Das geht solange gut, bis nichts mehr von mir übrig ist, außer die Emotionslose Hülle die verlernt hat mit dem Leben zu tanzen. Die sogar Angst davor bekommen hat, sich von dem Fluss des Lebens überraschen zu lassen. Oder von neuen Impulsen bereichert zu werden, die dem eingefahrenen Trott sicher nicht schaden würden. Es lohnt sich also, hin und wieder mal neugierig seine Blicke schweifen zu lassen.

Vergib ihnen denn sie wissen nicht was sie tun! Lukas 23/24

Das ist in der Tat gar kein schlechter Gedanke. Denn so eine pauschale Vergebung laut ausgesprochen hat schon so manchen Knoten gelöst. Mit ein klein wenig Übung, einer gesunden Portion Humor, und dem unumstößlichen Willen der Vergangenheit vollständig zu vergeben, öffnet sich das Tor für eine neue Zukunft. Ganz nebenbei öffnet es auch die Tür für eine gesunde wohlwollende Gegenwart. Schlussendlich verschwindet der gesamte Schmerz, da wir in Körper Geist und Seele unsere Bewegungsfreiheit wieder in Besitz genommen haben.

Wir fühlen uns freier, lebendiger und natürlich gesünder. Die Einstellung zu den jeweiligen Situationen entscheidet maßgeblich darüber wie wir uns fühlen. Es ist und bleibt ein langer weiter Weg, zurück zum inneren Frieden, denn wir haben ihn nicht freiwillig durch die Unschuld der Liebe aufgegeben als wir uns in das Abenteuer Leben stürzten. Wenn es mein Wille ist, dann allerdings schaffe ich es auch, vielleicht nicht unbedingt meine Unschuld, aber mein Leben zurückzuholen.

Tatsachen sind nun einmal unumstößliche Fakten, aber Gedanken und Gefühle sind das ebenso, und auch das ist Fakt. Ja das ist es. Leider bleibt es überwiegend bei der Theorie, denn Vergebung bedeutet über der Vergangenheit zu stehen und aus dem Gefühl auszusteigen das bei der Erinnerung daran unweigerlich spürbar erwacht.

Wie sieht es mit Vergebung aus, wenn ich vergewaltigt wurde. Nicht unbedingt reißerisch ins Gebüsch gezogen bei Nacht und Nebel auf einem einsamen Feldweg. Nein, vielmehr in der bestehenden Verbindung von zwei Menschen die sich lieben, und einer von ihnen noch nicht bereit für eine körperliche Vereinigung ist. Der Partner dies aber ignoriert. Es ist das gleiche Gefühl der Hilflosigkeit und der Angst wenn der Partner übergriffig wird. Und sogar noch mit Worten die Machtlosigkeit unterstreicht während er unseren Körper in das Laken drückt und übermächtig Gewalt ausübt mit den Worten; du willst es doch auch!

Habe ich dann auch noch den nötigen Humor über den Dingen zu stehen? Nein, sicher nicht, und Humor schon mal gleich gar nicht. Der ganze Körper schmerzt, zittert fühlt sich wertlos und dreckig an. Solange kannst du gar nicht duschen um all das abzuwaschen womit du berührt wurdest. Es ist ja nicht nur der Vollzug, der seine Spuren hinterlassen hat. Es sind die tiefen seelischen Wunden in deinem Herz und die Bilder in deinem Kopf die du nie wieder loswirst. Das Drängen der Stimmen in dir, die nicht aufhören wollen in deinem Kopf zu hämmern.
Und dann die Scham, die Verzweiflung. Mit wem soll ich darüber reden der mich versteht und keinen dummen Kommentar abgibt, oder mich sogar noch für die schuldige hält, weil der Rock den ich getragen hatte vielleicht doch etwas zu kurz war?

Luisa war noch keine 18 Jahre alt. Eine lebenslustige neugierige heranwachsende junge Frau, und leider

viel zu Vertrauen Seelig. Sie machte gerade ihren Führerschein, und das Verhängnis nahm seinen Lauf. Ihr eigentlicher Fahrlehrer der sie unterrichtete, hatte an diesem Tag frei, und so fuhr ein anderer den Fahrschulwagen vor ihrem Elternhaus vor. Also stieg sie ein und sie fuhren los. Sie wunderte sich über die seltsame Fahrstrecke weit abgelegen von der eigentlichen Route. Dachte sich aber nicht viel dabei. Bis sie ihr Fahrlehrer schließlich auf einen Feldweg lotste, und sie aufforderte den Motor abzustellen. Fast gleichzeitig schnallte er sich ab und fiel über sie her. Sie konnte sich der Wucht der gefühlten tausend Hände die nach ihr grabschten und unter ihren Rock glitten kaum erwehren. Immer wieder versuchte er seine Lippen auf ihren Mund zu pressen, während er an ihren Haaren den Kopf nach hinten zog. Sie dachte sie ersticke, und hatte Todesangst. Sie wehrte sich, schlug mit Händen und Füßen auf ihn ein, versuchte zu schreien, und plötzlich ließ er von ihr ab. Sie war wie erstarrt, und stand komplett unter Schock.
Vor vier Jahren hat Luisa zum ersten Mal mit mir darüber gesprochen. Mittlerweile hat auch sie ihr Traumatisches Erlebnis verarbeitet.
Sitzen in uns allen nicht ähnliche traumatische Ereignisse die, wie ein Eiterpickel immer dann zum Vorschein kommen wenn sie sicher nicht gebraucht werden? Sollten wir nicht besser uns selbst die Chance dazu geben den Pickel rechtzeitig zu entfernen, damit daraus kein Furunkel wird, das sich am Ende noch entzündet, und unser ganzes Leben

lahm legt. Im Prinzip bedarf es dafür nur zwei Werkzeuge.

Ein bisschen Übung und den festen Willen, alles aus der Vergangenheit zu entsorgen, indem wir bereitwillig vergeben. Tun wir dies, werden uns hilfreiche Menschen zur Seite stehen die uns durch diesen Prozess begleiten. Wir spüren wieder Vertrauen und Sicherheit und fangen so nach und nach an zu heilen. Wieder ganz zu werden und zu sein.

Die inneren Bilder verblassen vielleicht nie ganz, aber vielleicht ist es auch gar nicht notwendig.

Der Gedanke an Schicksal und Wiedergeburt ließen mich nach einem eigenen langen Prozess der Heilung zu dem Entschluss gelangen, dass ich vielleicht in einem anderen Leben dieser Seele, diesem Menschen das gleiche angetan habe, und nun durch die eigene Erfahrung weiß wie demütigend und entsetzlich scheiße das war.

Der Ausgleich wurde geschaffen das alte Karma gelöscht. Der Schmerz verschwindet nicht, aber du lernst damit zu leben. Und irgendwann spürst du ihn wieder. Den Frieden in dir.

Gnade vor Recht ergehen lassen.
Barmherzigkeit oder Selbstbetrug? Welche
Worte erschaffen in mir den nötigen Frieden?
Was brauche ich um eine Lösung zulassen zu
können? Oder gibt es ein Pauschalrezept?

Nein das gibt es leider nicht. Es gibt viele kleine
Rezepte die nacheinander eingenommen
schlussendlich zur großen Heilung durch Vergebung
führen werden. Denn nur wenn das innere Gefühl mir
bestätigt das es sich gut anfühlt nicht mehr darüber
zu philosophieren, dann erst werde ich in der Lage
dazu sein die innere Heilung auch anzunehmen. Doch
wo finde ich die den ersten Schritt dazu.
Das was ich fühle ist auch das wovon ich überzeugt
bin. Und das wird auch immer das sein, was mir die
Außenwelt bestätigen wird. Fakt ist, wenn ich mich
nun also als das Opfer der Umstände sehe, werde ich
weiterhin nur Menschen begegnen die sich auch
schön brav als Opfer ihres ach so bösen Umfeldes
sehen, und meiner ach so grausamen
Lebenserfahrung nur noch einen oben `drauf setzen.
Sei getröstet, damit stehst du nicht alleine da. Nur,
wie komme ich da wieder heraus? Im Jammertal zu
verharren ist dabei sicherlich nicht zielführend,
obwohl man dort reichlich Gesellschaft findet. Und
diese liebe Gesellschaft bildet wiederum ihre
Meinung dazu. Über ihre eigene Lebenserfahrung

und ihre Erziehung die selbstverständlich grauenhaft war. Wir wissen gar nicht welch schäbiges Unheil wir in uns angerichtet wird, wenn wir uns derart in unserem Schmerz der Vergangenheit ergötzen.
Ja es ist passiert, das stimmt. Aber es ist vorbei. Wie lange will ich mir damit noch mein Leben vermiesen in der Hoffnung damit meine Eltern oder wen auch immer abzustrafen. Mir ist gar nicht bewusst das sich mit meinem ständigen verfluchen und verharren in meiner Vergangenheit, und der Situation in der ich mich damals befand, nicht nur mich sondern auch mein Umfeld derart verunsichere oder vielleicht sogar nerve, dass es mit mir kaum mehr auszuhalten ist. Ich brauche mich also nicht zu wundern wenn ich plötzlich alleine dastehe.
Aber halt, ich stehe ja gar nicht alleine da. Ich habe ja noch meine Jammergruppe. Getreu dem Motto: Gott sei Dank versteht mich jemand.
Ja, das ist in der Tat so, allerdings wenig hilfreich. Doch sie tun so gut diese Bestätigungen dafür, dass die Negativität die ich verbreite, mich als Opfer der Umstände noch schlechter und bemitleidenswerter dastehen zu lassen, und noch mehr Negativität entsteht, wie bei einem Junkie der gar nicht genug bekommen kann, von seinem Trip auf dem er sich gerade befindet. Ja, gib mir mehr von der Boshaftigkeit damit ich die abstrafen kann die mir das angetan haben. So, ihnen habe ich es jetzt aber gegeben.

Ach was ist das Leben herrlich wenn mal so richtig ab lästern kann.

Leute, die wissen nichts davon was ihr hier veranstaltet. Die hören und sehen euch nicht wie ihr euch im Leid ergötzt. Ihr zerstört euch nur selbst und werdet dadurch krank im Körper, Geist und in der Seele.

Im gemeinsamen Hochschaukeln der Boshaftigkeiten unsere Eltern zum Beispiel, vergessen wir allzu schnell das auch schöne Begebenheiten die Kindheit oder auch das Umfeld in uns prägten. Will heißen, es war sicherlich nicht alles schlecht in meinem Leben. Nur wenn ich mich mit Menschen daran ergötze und einen Wettbewerb daraus mache, wer den größten Schmerz erlitten hat, dann fühle ich mich vielleicht in diesem Moment wohl meinen Eltern verbal eins ausgewischt zu haben oder meinem Chef, meinem Partner, Kirche, Politik etc.

Ganz ehrlich, wirklich, diejenigen wissen davon absolut nichts dass sie soeben durch die Hölle gejagt wurden. Ihnen geht es gut. Vielleicht schlürfen sie sogar gerade einen Cocktail am Strand. Aber dir, dir geht es damit jetzt noch viel schlechter. Und du weißt nicht wohin mit deiner ganzen geballten Wut.

Weißt du, nimm dich doch jetzt einfach mal selbst in den Arm. Du bist ein wundervoller Mensch, der eine Wunde in sich trägt, die nicht abheilen will. Aber es gibt einen Weg heraus. Sei besonnen mit deinem Gedankengut und mit dem was du über dich, und auch über andere sagst oder denkst. Sonst bringt es dich tatsächlich eines Tages um. Und dann wirst du wiedergeboren und darfst den ganzen Scheiß aufs Neue durchleben. Vielleicht sogar diesmal in umgekehrter Reihenfolge. Dann bist du der Täter, und der andere das Opfer. An dieser Stelle lass dir bitte eines eindringlich sagen: Mache Schluss mit diesem Karma, du musst dringend auf die Spaßseite, und weißt du was? Du wirst dort bereits erwartet.

Unsere Ansichten sind variabel. Je nach Gemütszustand wirst du die gleiche Sache anders bewerten. Und lass dir gesagt sein, wenn du etwas nicht ändern kannst, da es nicht in deiner Macht liegt, dann kannst du auch dein Schandmaul darüber halten. Oder du fängst an zu überlegen wie es denn möglich wäre das sich die Angelegenheit zum Guten wendet.
 Offensichtlich glaubst du jedoch du kannst leider nichts dafür tun, denn zuerst müssten sich die Anderen ändern, dann könntest du das auch. Seit Einstein allerdings bewiesen hat das alles Licht und Energie ist, werden deine Gedanken die du aussendest auch in Resonanz gehen.
Also darfst du gerne einmal darüber nachdenken, ob es nicht an der Zeit wäre sich einem kleinen Paradigmenwechsel zu unterziehen, anstelle sich im Opferdasein mit Menschen zu treffen die genauso Pessimisten sind wie du.

Gehe zur Abwechslung mal unter aufgeschlossene fröhliche Leute. Unterhalte dich mit ihnen. Die Menschen die optimistisch an Probleme heran gehen, könnten dich bereichern. Lerne ihre Ansichten kennen, aber bitte bestrafe sie nicht gleich als Ignoranten. Sie ignorieren das Problem nicht, sie suhlen sich nur lediglich nicht darin.

Sie sind tapfer mit sich selbst, suchen einen Weg heraus aus dem Desaster in dem sie sich befinden, ohne dem anderen sofort die Schuld dafür zu geben. Vielleicht wollen sie auch endlich den Schmerz aus der Vergangenheit loswerden, der sie ewig an ihr Elend bindet. Was euch gravierend unterscheidet ist, diese Menschen werden auch den Weg herausfinden. Gehe ein Stück mit ihnen anstatt sie als Träumer abzustrafen. Erlaube ihnen dich ein Stück des Weges zu begleiten, solange bis du deinen eigenen Weg herausgefunden hast.

Allerdings ein Optimist, der dir jetzt die Hand reicht ohne dass du seine Hilfe möchtest, wird dich nur noch mehr auf die Palme bringen. Sei milde zu ihm, er will dir nur helfen. Getreu dem Motto, reiche keinem die Hand der sie dir nicht entgegen streckt, so sind doch alle Menschen die sehen wenn es einem nicht wirklich gut geht. Aber wenn er sich nicht helfen lassen will, dann sollten wir das besser akzeptieren. Es ist wirklich so. Das selbst ernannte Opfer der Umstände wird erst bereit für eine Veränderung sein, wenn er sich innerlich dafür auch entschieden hat sein Opferdasein aufzugeben.

Frage dich doch jetzt an dieser Stelle einmal selbst: Bist du jemand der sich erst den Mund darüber zerreißt wie schlecht es ihm geht, um permanent und penetrant lautstark im Anschluss daran, seine Sicht der Dinge als die einzig Wahre gelten zu lassen, damit er glänzen kann? Oder lässt du andere Meinungen zu, und erhältst dadurch eine Anregung, einen kleinen Anhaltspunkt, eine konstruktive Kurskorrektur für dich, die dein allzu ausgeprägtes Ego der Selbstgerechtigkeit, vor lauter Schmerz unter dem Schrei nach Genugtuung glattweg überhört hatte?

Wie gesagt, vergesst bitte nicht ihr lieben, ich kann es gar nicht oft genug betonen. Wir alle sind und waren Opfer und Täter. Und dass ist eine nicht zu ignorierende Tatsache! Wohin willst du also gehen. Den ersten Schritt mutig in den Weg der Heilung des Verzeihens? Oder den Weg des Starrsinns, der dich allerdings leider eines Tages sehr krank machen wird. Wobei du dann die Zeit dafür haben wirst über dein Leben nachzudenken, und wenn du schlau bist, somit den Weg der Heilung frei Geben. Wozu also dieser schmerzhafte Umweg? Hast du so viel Lebenszeit zu verschenken, das du es dir leisten kannst sie mit alter Wut gnadenlos zu verschwenden? Denk einmal drüber nach.

Alles geschieht dann wenn die Zeit dafür reif ist. Und vielleicht brauchst du einfach ein bisschen mehr Zeit, bist du reif bist, für den ersten Schritt in ein neues frisches Leben. Dann hast du es endlich begriffen, dass wahre Freiheit erst entstehen kann, wenn du aus der Selbstmitleidsfalle ausgestiegen bist.

Super schlaue Worte, und jetzt? Es gibt kein Patentrezept. Weder heute, morgen noch irgendwann. Es wird auch nie jemanden geben der die die Arbeit abnimmt. Mache es selber, oder lasse es besser bleiben. Es ist immer deine Entscheidung, Und wenn du aber keine Lust dazu hast dich zu verändern, dann lasse es bitte auch bleiben, anderen die Ohren voll zu jammern wie schlecht es dir geht. Auf Dauer mag das keiner mehr hören.
Vielleicht helfen dir dabei einige Fragen um dich selbst besser kennen zu lernen. Das wird dir auch nützlich sein um eine konstruktivere Einstellung zu dir und deinem Umfeld zu bekommen. Weißt du, es ist eigentlich egal womit du anfängst etwas zu verändern. Wichtig ist nur das du es tust. Und auch wirklich willst Und glaube mir, es wird dir sehr schnell, viel besser damit gehen. Beantworte dir die folgenden Fragen in einer stillen Minute.

1. Inwieweit dominiere ich andere und merke es nicht einmal?
2. Wie manipuliere ich andere, wenn sich diese von meiner Negativität abwenden, und mir nicht mehr zuhören wollen?
3. Verteile ich dann Seitenhiebe oder Schuldgefühle die mein Gegenüber sogar beleidigen, damit ich mich wieder gut fühle und somit die volle Aufmerksamkeit genieße?
4. Wie verhalte ich mich wenn ich Ablehnung erfahre?
5. Kann ich mit Kritik umgehen?
6. Bin ich willens aufzuhören an allem herum zu kritisieren?
7. Lasse ich andere Meinungen zu?
8. Bin ich empathisch?
9. Neige ich zu Übertreibungen und Rechthaberei?
10. Wo bin ich weich und einfühlsam?

Nimm dir Zeit für die Antworten, indem du sie umwandelst in das wie es für dich sein soll. Wie es für dich stimmig ist, und welche Erfahrungen du im Hier und Jetzt damit machen möchtest. Du investierst hier, deine Zeit in dein Leben. Es lohnt sich in jedem Fall. Lese bitte erst weiter wenn du mit deinem Ergebnis zufrieden bist.

Hebe dir deine geschriebenen Antworten auf. Denn eines Tages wirst du schmunzeln wenn sie dir in die

Hände fallen, und vielleicht ein wichtiger Wegweiser in ein besseres Jetzt sein werden.

Wenn Seelische Unausgeglichenheit das Physische Gleichgewicht zu stören beginnt. Dann wird es allerhöchste Zeit sein Denken zu verändern um einen Ausgleich zu erschaffen.

Wenn bei meinem Auto die Ölkontrolle aufleuchtet macht es keinen Sinn die Luft in den Reifen nach zu prüfen, oder etwa zum Tanken zu fahren. Würde keiner machen oder?
Und wenn in meinem Fahrzeug Körper das innere Gleichgewicht, fehlt mir auch das Äußere. Da macht es keinen Sinn mich beim Turnunterricht anzumelden, wobei vielleicht Turnen mir weiterhelfen würde meinen Körper besser zu spüren, jedoch wenig Erfolg dabei hätte meine Intuition wieder zu erlangen, die mir durch mein Bauchgefühl sicher zeigt was nicht zu mir passt in Form von Unwohlsein. Schenke ich meinem inneren Gefühl keine Aufmerksamkeit wird es ein körperliches Symptom senden das mich früher oder später zur Ruhe und zur inneren Einkehr zwingt.
Ich habe das selbst am eigenen Leib des Öfteren schon erfahren. Wie man sieht, es gibt keine Ausnahmen.
Früher hatte ich selbst ein großes Problem, auf meinem linken Bein stehend, das Gleichgewicht zu

halten. Bei Pilates ist das äußerst hinderlich sich stets abstützen zu müssen.

Auf der Gefühlsebene war ich allerdings in dieser Zeit unfähig eine Entscheidung zu treffen. Habe mich auf die Meinungen anderer gestützt, um damit meiner Verantwortung aus dem Weg zu gehen. Ich hatte schlichtweg Angst vor den Folgen die diese Entscheidung mit sich brachte, und versuchte so, diese erst einmal auf der Gefühlsebene zu lösen, was mich nur noch mehr aus dem Gleichgewicht brachte. Entscheidungen ziehen nun einmal Ereignisse nach sich. Ereignisse zieht es aber auch nach sich wenn ich keine Entscheidung treffe. Darüber sollten wir uns auch im Klaren sein. War ich aber nicht. Ich war noch nicht für die Konsequenzen bereit. Also erhoffte ich mir durch Hilfe außenstehender jedes Szenario gefühlsmäßig durchlebt zu wissen. Fataler Weise hatte das zur Folge, dass meine verheerende Fantasie Horrorszenarien entstehen ließ, die mich erst recht von einer Entscheidung abhielten.

Sicher wäre es so wie in den geistigen Horrorszenarien wohl nie in der Realität passiert, hätte ich beherzt einen Schlussstrich gezogen. So litten wir alle Tröpfchen weise weiter stumm vor uns hin. Um es auf den Punkt zu bringen. Alles blieb beim Alten, und wurde leider dummer weise durch das Ignorieren auch nicht besser. Irgendwann wurde der Druck so gewaltig groß das es zwangsläufig zur Eskalation kam. Und das Drama nahm seinen Lauf.

Ich hätte die die Zeit besser dafür nutzen sollen, um mein Leben zu sortieren, zu ordnen, hinzusehen, was brauche ich um glücklich zu sein? Um endlich das loszulassen was mich daran hindert. Wo schließe ich zu viele Kompromisse, und wo braucht es etwas mehr Geduld und Weitblick. All das geschah bedauernswerter Weise nicht. Nein, denn das Leben sortierte mich aus. Die Zeit der Vorbereitung war abgelaufen und ich hatte meine Hausaufgaben nicht gemacht.

Im nach hinein redet es sich immer leichter. Und im nach hinein erst erkannte ich, welche Ursache den Auslöser gab, das es überhaupt so weit kommen konnte. Ich begann endlich zu verstehen warum ich vor mir und dem Leben, so wie es im Moment war, davonlaufen wollte. Ich erfüllte in dieser Zeit stets nur die Erwartungen anderer aus Mitgefühl, Pflichtgefühl und Schuldgefühl. So dass ich mein eigenes Gefühl immer mehr hinten anstellte. Natürlich auch aus Liebe, nur meine Grenze des machbaren verschob sich immer weiter nach hinten. Und mich damit noch mehr aus mir selbst heraus. Und mit der Zeit erkalten die Gefühle, und was bleibt ist eine funktionierende Hülle.

Wenn ich allerdings von Anfang an, mehr Gehör investiert hätte in das was mir mein Körper mir als Folge der Ignoranz meinerseits zu sagen gehabt hätte. Wäre ich wohl eher gewillt gewesen etwas zu verändern. Ich war aus dem Takt geraten, und wurde Taktlos. Reagierte mürrisch darauf wenn meine mir mühsam abgeknapste Zeit wieder mit irgendwelchen Pflichten aufgefüllt wurde die es zu erledigen galt. Schließlich entwickelte ich körperliche Schmerzen und weigerte mich immer noch hinzusehen, denn abgeschnitten von der Emotion versuchte ich auf der Rationalen Ebene eine Erklärung dafür zu finden. Rannte von einem Arzt zum anderen, der erstaunlicher Weise nie wirklich etwas feststellen konnte.

Ich hätte mir viel Zeit und Leid ersparen können, wenn ich einmal nur Nein gesagt hätte. Mich genauso wichtig genommen hätte, wie ich andere wichtig nahm. Die Linke Seite ist das weibliche Prinzip, die emotionale Seite. Ich konnte keine Entscheidung mehr für mich und mein Gefühl treffen. Ich schwankte hin und her, Seelisch und körperlich. Eine einmal getroffene Entscheidung wurde sofort um den Haufen geworfen um einer anderen Platz zu machen. Damit verunsicherte ich nicht nur mich, sondern auch meine Familie und mein Umfeld. Irgendwann nahm mich keiner mehr ernst. Ich musste lernen mich wieder ebenso wichtig zu nehmen, wie die Begebenheiten die ich als wichtig empfand. Mich als Frau wieder zu lieben und so anzunehmen wie ich bin. Mir sicher sein in meiner Entscheidung. Zu mir zu stehen. Für mich einzustehen! Standhaft meine Grenze ziehen, um Raum für mich zu schaffen. Und es gelang mir.

Zwar fällt es mir noch heute manchmal noch schwer Entscheidungen zu treffen, die andere Menschen mit einbeziehen. Aber ich habe die Technik, dank Kurt Tepperwein, der geistigen Anprobe einer getroffenen Entscheidung gefunden, mit der ich mich in die Situation hineinversetze und erst einmal anschaue und hineinfühle wie es mir damit letztendlich geht, und ob das alles auch so zu mir passt.

Und ich habe damit aufgehört für andere zu denken. Ich denke, die können das sehr gut alleine, und haben sicher auch ihren Spaß dabei. Nun kann ich für mich, die Konsequenzen einer Entscheidung auch sicher tragen.

Und was ist mit den anderen die von den Auswirkungen meiner Entscheidung mit betroffen sind?

Bei der geistigen Anprobe erscheinen auch diese auf der inneren Bildfläche. Und irgendwie findet dort jeder zufrieden seinen Platz. Es trägt also niemand Schaden davon.

Und warum quälte ich mich dann so damit herum? Ganz einfach, weil ich es nicht besser wusste. Nun weiß ich es aber, und habe gelernt dass sich diese Betrachtungsweise sehr gut auf alles im Leben anwenden lässt. Auch auf die unliebsame Vergangenheit. Einfach mal ausprobieren. Hinterher beschweren kann man sich ja immer noch.

Nicht immer sind wieder kehrende störende Ereignisse oder Krankheiten ausschließlich aus dem jetzigen Leben zu verzeichnen. Eventuell wurden sie schon seit Generationen übertragen.

Die Mühe lohnt sich Ursachenforschung zu betreiben. Denn nicht immer hat das was aus dem Gleichgewicht geraten ist, seinen Ursprung in diesem Leben. Wir werden durch unsere Forschungsergebnisse sehr bald feststellen dass wir in der einen oder anderen Hinsicht, die Erben der Emotionalen Erfahrungen unserer Vorfahren sind. Diese nicht von uns selbst durchlebten Erfahrungen sind lediglich als Erinnerungen abgespeichert und rufen im Zweifelsfall einen möglichen Konflikt in uns hervor. Um ein Beispiel zu nennen. Wir haben eine unerklärliche Angst vor etwas, uns fehlt aber jegliches Bild der Erinnerung woher diese Angst kommt. Wir spüren ausschließlich die starke Emotion der Angst. Hier gilt es schnellstmöglich, diese Angst pauschal erst einmal an den Absender zurückzugeben ohne zwingend wissen zu müssen wird der eigentliche Absender ist. Oder sie gegebenenfalls sofort zu erlösen mit dem Satz:
„Diese Emotion ist nicht meine. Wer auch immer sie verursacht und durchlebt hat, dem gebe ich sie hiermit wieder zurück. Der damit verbundene

Schmerz, und die leidvolle Erfahrung ist nicht die meine."

Die somit erlösten Ereignisse einer Vergangenheit die wir vom Hören sagen zwar kannten, aber nicht durchlebten, werden dadurch als Geschehnisse aus unserem Bewusstsein gelöscht, und somit frei für vollständige Lösung und Vergebung Sie zurückzugeben an den Absender bedeutet frei und gesund zu werden und zu sein, für das eigene Leben. Und was heißt das jetzt im Klartext?

Ich mache es in diesem Fall anders herum. Ich gehe nicht in die geistige Anprobe, sondern entkleide mich geistig der Glaubenssätze, Suggestionen und Überzeugungen die nicht zu meinem Leben gehören und dies auch noch nie getan haben, mich aber unaufhörlich blockieren. Die Leidvollen Kleider der Erfahrungen meiner Vorfahren und deren ihrer Vorfahren. Wie gesagt, ich muss es nicht einmal wissen worum es geht. Ich brauche es nur in meiner Vorstellung abzulegen und der Wäscheberg wird zuverlässig entsorgt. Ich kann es allerdings auch zurückgeben wenn ich weiß von wem ich es bekommen habe, und im Gegenzug dessen bekomme ich das Meine wieder.

Und damit ist der erste Schritt in die „ Er – lösung tatsächlich und unwiderruflich getan. Das Ziel ist zwar noch nicht erreicht, doch am wichtigsten ist es, die innere Überzeugung zu erreichen dass ich wirklich bereit dafür bin diesen ersten wichtige Schritt zu vollziehen.

Entkleide dich der lästigen kratzenden alten Überzeugungen deines Lebens, und miste sie endgültig aus. Du würdest heute auch keinen Mantel mehr anziehen der dir nicht mehr passt oder den dein Vater dir aus seiner Jugend vererbt hat oder? Sei dir bewusst, dass immer eine richtig dicke unerlöste Emotion hinter allem steckt. Und darum haben wir auch so richtig Schiss davor. Doch das alles hilft nichts, und bringt uns echt nicht einen Schritt weiter. Der geistige Dachboden muss entrümpelt werden.

Was nicht zu deinem „ so - will – ich –sein" gehört, darf heute noch entsorgt werden
Durch dein Handeln in diesem Leben gleichst du das Familienkarma gleich mit aus. Es findet ein energetischer Ausgleich statt. Die Situation ist zwar immer noch die alte, sie ist geschehen. Aber die energetische Korrektur, bringt das Ganze in Ordnung, in göttliche Ordnung. Denn alles was unausgeglichen bleibt, werden wir oder unsere Nachkommen wieder mitnehmen, ob gewollt oder ungewollt. Und schon deshalb allein, ist es der Mühe wert. Alles was unerlöst bleibt und in diesem Leben nicht entsorg wird, werden wir wieder auf die Erde mitnehmen, Halleluja!

Durch die eigene Lebensgeschichte die Essenz am Schopfe packen, bedeutet Mutig genug zu sein altes hinter sich zu lassen! Reden hilft!

Aus Angst und Einsamkeit erfahren wir die kuriosesten Dinge, und löschen damit ganz nebenbei gewaltiges Familienkarma. Ich habe mich seinerzeit mit der Ursache meiner Schmerzen auseinandergesetzt und wahre Heilung erfahren, als ich den Mut aufbrachte durch diese hindurchzugehen, und auch das Risiko einzugehen deswegen verlassen zu werden.
Meine Angst vor Erniedrigung, Ablehnung und Demütigung, veranlasste mich immer wieder alles in mich hinein zu fressen und beim Alten zu lassen.
Ich hatte nicht nur körperliche Schmerzen, auch seelische, bis sie keinen anderen Ausweg mehr fanden. Ich bekam Bulimie und hefigste Panikattacken, die Herzrasen und eine massive Stoffwechselstörung hervorbrachten. Ich hatte Angst vor der Angst und traute mich nicht einzuschlafen aus Angst nicht mehr aufzuwachen. Ich traute mich aber auch nicht darüber reden. Kritik anzubringen. Grenzen setzen.
Also ritt ich im wahrsten Sinne des Wortes durch die Hölle. Ich ignorierte meine Gefühle die gelebt und integriert werden wollten. Aber wen interessierte es schon was ich fühlte oder wollte? Ich hatte Aufgaben

zu erledigen und musste mich immer weiter nach hinten stellen.

Eines Tages konnte ich weder vor die Tür nach draußen gehen oder mich in geschlossen Räumen aufhalten. Ich hatte Angst alleine zu sein, dass keiner da wäre um mich zu retten wenn ich wieder ohnmächtig werden würde. Auf schlau heißt diese Krankheitsbild Agoraphobie. Angst vor Nähe, Angst vor Weite. Aber ganz ehrlich, ohnmächtig wurde ich nie.

Eines Tages war ich dann doch so mutig dass ich zu reden begann. Und ich entdeckte an so vielen Stellen, dass es oftmals gar nicht zu mir gehörte was ich meinte schlucken zu müssen. Wie zum Beispiel die Angst einzuschlafen und nicht mehr aufzuwachen. Bei einem mehr oder weniger zufälligen Gespräch mit meiner Mutter erfuhr ich, das ihr jüngerer Bruder im Krieg auf dem Heimweg kraftlos zusammenbrach, wohl einschlief und so verstarb. Diese Todesangst nahm ich unwissentlich mit. Als Trigger äußerte sie sich in einer unerklärlichen Angst in meinem Krankheitsbild, vor dem Einschlafen. Dieses Wissen heilte mich buchstäblich sofort und löschte die Ursache augenblicklich aus der Vergangenheit.

Ich machte eine Therapie. Sie heilte mich zwar nicht, aber bot mir Ansätze mein Leben zu verändern, und das Wissen, das ich nicht die Einzige auf der Welt war der es so erging. Die Tür war geöffnet. Und ich war bereit durch sie hindurchzugehen.

In dieser Zeit hatte ich einen Leitspruch, der mir so viel Kraft gab. Er stammte aus einem Lied allerdings habe ich den Titel vergessen. Aber der Satz ging so: „Wer mit dem Teufel essen will muss einen verdammt langen Löffel haben!" Und den hatte ich.

So nach und nach gelang es mir mich zu befreien. Ich machte viel Sport in der Zeit, denn es half mir zu wissen, dass jemand da war der mir in Not helfen konnte. Und beim Sport bedrängt einen niemand. Jeder hat das gleiche Ziel, nämlich fit zu werden, und wenn es einem mal nicht gut geht, hilft man sich gegenseitig. Die körperliche Routine half mir meine Bulimie in den Griff zu bekommen. Und seelisch gelangte ich durch Zufall an immer mehr interessante Themen von anderen Menschen die ähnliches erlebten und deren Geschichten gaben mir die nötige Zuversicht und das Vertrauen das auch ich sicher wieder gesund werden würden. Oder besser gesagt, vielleicht zum ersten Mal wirklich gesund.
Um Zusammenhänge und deren Auswirkungen auf unser Leben besser verstehen zu können, tauchte ich noch tiefer in mein Familienkarma ein. Ein schreckliches immer wiederkehrendes Ereignis lag dem zu Grunde, der plötzliche Tod eines Familienmitgliedes im Alter von 18 Jahren.
Durch gründliches Recherchieren stellte sich heraus, dass die Schwester meines Vaters, mit 18 Jahren durch einen tragischen Unfall ums Leben kam. Sie stürzte aus einer fahrenden S-Bahn und erlag im

Krankenhaus ihren Verletzungen. Die Polizei konnte nicht feststellen, ob es ein tragischer Unfall, oder Selbstmord war.

Gott sei Dank karmisch voll und ganz aufgelöst und erlöst, möchte ich es dennoch hier schildern, da dieses Ereignis bis in die jüngste Inkarnation seine Kreise zog. Uns ereilen oft Schicksale die erst im nach hinein ihren Segen zeigen. Und wäre ich nicht in mein seelisches – gesundheitliches Dilemma geraten, hätte ich mich nie mit solchen Themen beschäftigt. Wozu auch. Der Satz „ Krankheit als Weg", ist mehr als nur ein Buchtitel von Rüdiger Dahlke. Es ist das gelebte Leben an sich. Die Pforte an der jeder einmal steht um zu entscheiden, gesund und sehend zu werden, oder krank und blind zu bleiben.

Auf den Kern stoßen der die weiteren unschönen Kreise durch unser Leben zieht. Genauer hinzusehen wo die Ursachen eigentlich liegen. Die Herausforderungen im Leben meistern.

Als ich damals meinen zweiten Mann heiratete brachte er seinen zwölf jährigen Sohn mit in die Ehe. Ich hatte bereits zwei Kinder, knapp vier und sechs Jahre alt, und ein buntes Patchwork Familienleben begann, wie so oft in dieser Zeit.

Nun war sicherlich nicht alles schlecht, und darum geht es auch gar nicht. Wir liebten und wir hassten uns. So wie es wohl alle anderen Paare auch tun. Worauf ich nun hinaus ist will ist folgendes.

Ich kam in dieser meiner zweiten Ehe an einen Wendepunkt indem ich entscheiden durfte welchen Weg ich weiterhin gehen wollte. Mit ihm, oder ohne ihm. Vor solch einer Entscheidung steht wohl jeder einmal im Leben, egal ob mit oder ohne Kinder. Ich hatte nicht den Mut und die Kraft dazu meinen Mann zu verlassen, und wollte auch nicht feige davonlaufen, zumal schon meine erste Ehe scheiterte und ich erst 25 Jahre alt war. Und ja, verdammt noch mal ich liebte ihn.

So blieb alles beim Alten. Der Schuldenberg wuchs und zum wegrennen war es nun zu spät. Der Weg war gewählt. Und auf einmal wurde es sogar wieder schön. Es gab Urlaube, Badeseen, Spieleabende und wir lachten viel. Momente in denen wir alle wieder Hoffnung hatten. Und in dieser Zeit wünschten wir uns beide ein gemeinsames Kind. Ein Mädchen wurde geboren, und das Familienglück war perfekt. Marc, der Sohn meines Mannes, wurde in zwei Wochen achtzehn Jahre alt, und machte gerade seinen Führerschein. Weihnachten stand an, und das Leben funktionierte wieder. Da stand plötzlich mitten in der Nacht die Polizei vor der Tür.

Ich kann mich nur daran erinnern wie einer der Polizisten sich vergewisserten das sie auch an der richtigen Adresse waren, und Marc unser Sohn war.

Dann hallten nur die Worte durch meinen Kopf dass dieser leider soeben bei einem Verkehrsunfall tödlich verunglückt sei.

Den Rest liebe Leser will ich euch ersparen. Vielleicht sei an dieser Stelle gesagt, vergessen kannst du so etwas nie, aber du lernst damit zu leben. Jetzt konnte ich erst recht nicht gehen, denn meine Kinder brauchten umso mehr Stabilität und ein sicheres Elternhaus. Dieses Leid zu ertragen, und vor allem meine Kinder in diesem Leid ausgesetzt zu sehen brach mir fast das Herz. Hätte ich mich damals für einen anderen Weg, wäre meinen beiden Kindern und mir das sicher erspart geblieben. Aber wo wäre dann das kleine Mädchen in seinem zarten zweiten Lebensjahr? Und all die schönen gemeinsamen Erinnerungen die wir mit Marc erfahren durften? Ist es Schicksal? Ja, das ist es. Aber wer sagt, dass der andere Weg das bessere Schicksal gewesen wäre? Damals hatte ich noch nicht einmal eine richtige Ausbildung. Dank unserer Vielzahl an meist Brotlosen Außendienst Tätigkeiten, lernte ich allerdings wie man aus Krisen heraus Erfolge schafft. Warf mich richtig rein in die Arbeit rein, und glänzte mit zahlreichen Abschlüssen, oder leistete hierfür die meist wichtigere Vorarbeit. Das Leben ging aufwärts und mein Mann ging fremd. Gut, wenn das so ist, suche ich mir eben auch einen Liebhaber. Nur Liebhaber sind eben nur Liebhaber die man eben nur besonders lieb hat zu besonderen Stunden. Es ist ja nicht so dass ich nur einen Liebhaber hatte. Ich bekam sogar einen Heiratsantrag von ihm, und lehnte ab. Ich schaffte den Absprung nicht. Ich hatte Angst. Mir wuchs alles über den Kopf, und ich wurde wieder richtig krank. Aber meine Zeit war noch nicht abgelaufen, und so lernte ich mit sanften alternativen Heilmethoden mehr über mich und mein Leben kennen. Tauchte ein in geistige Welten die mich spüren ließen, dass wir mehr sind als nur physischer Körper. Letztendlich erkannte ich bei einer Rückführung, dass all diese Geschehnisse mehr waren, als nur eine Verkettung unglücklicher Umstände. Fortan beschleunigte sich mein Heilungsprozess vehement.

Jedoch schaffte ich es wieder nicht, die Trennung auszusprechen. Ich hatte große Sorge, den regelmäßigen finanziellen Verpflichtungen nicht gewachsen zu sein. Schlimmer noch, wer kümmerte sich dann in dieser Zeit um meine Kinder? Meine Eltern waren nicht bereit dazu, und für ein Au-pair fehlte das Geld.

Ich arbeitete zwar als Regionalleiterin in einem führenden Unternehmen der Internet Branche die gerade wie Pilze aus dem Boden schossen, allerdings wurde mein Gehalt nach Umsätzen bezahlt und die sind nun eben mal schwankend. Und mit schwankenden Zahlen schwankte auch meine Entscheidung. Ich drehte mich im Kreis.

Schlussendlich wollte ich auch nicht wegen Selbstüberschätzung, eines Tages mit drei kleinen Kindern auf der Straße stehen.

Allerdings, so konnte es auch nicht weiter gehen. Und dann wurde ich wieder krank. Ich wollte das mit mir ausmachen, bis ich die perfekte Lösung hatte. Ich rannte nur noch wild umher um die Fäden des Lebens irgendwie zusammen halten zu können. Und habe dabei die, die ich so sehr beschützen wollte, am meisten verletzt und im Stich gelassen. Meine Orientierung war komplett verloren gegangen, und jegliche Bitte um Hilfe oder Unterstützung aus Familie, wurde mit den Worten abgeschmettert:

Du bist selbst schuld daran, du hast das ja so gewollt! Ich war am Ende.

Ich übersah dabei, wie sehr ich meine Schmerzgrenze bereits überschritten hatte. Ich versuchte das alles natürlich zu verbergen und baute immer mehr ab. Meine Schuldgefühle pochten erbarmungslos in meinem Kopf, es gab keinen Ausweg, ich konnte nicht an zwei Stellen gleichzeitig sein. Ich musste Geld verdienen und meine Kinder brauchten mich. Bis mein Körper es nicht mehr schaffte mich am Leben zu erhalten. Ich brach zusammen und landete auf der Intensivstation. Ich konnte mit keinem darüber sprechen was mit mir los war, und dass ich so dringend Hilfe brauchte. Denn ich war ja selbst schuld an dieser Situation. Ich hatte es ja so gewollt, dröhnte es in meinem Kopf. Es konnte mir sowieso keiner helfen. Ich bin da alleine reingerutscht, ergo, musste ich da auch alleine wieder heraus. Meine Mutter hatte also recht mit dem was sie sagte.

Sie war es aber auch, die mir das Leben rettete, und wieder nahm sie Einfluss auf mein Leben. Sie drückte mir ein Buch von Eberhard Freitag, mit dem Titel - Kraftzentrale Unterbewusstsein - in die Hand mit den Worten: „ Das hat mir damals sehr geholfen als ich so oft operiert werden musste. Lies es und du wirst verstehen!" Ich war doch sehr erstaunt darüber, dass meine Mutter solche Bücher liest. Doch was für ein Segen.

Ich las es nie wirklich ganz. Ich hatte keine Lust auf so ein dämliches Buch. Ich wollte eine sofortige Erlösung und Erleichterung erfahren, und sicher kein Buch lesen. Also blätterte ich mehr lustlos darin herum. Las es quer, und von hinten nach vorne. Allerdings markierte ich mir einige Sätze, oder klebte Postits hinein. Später fing ich an mir diese Sätze aufzuschreiben und überall mithin zu nehmen.

Ich entwickelte spirituelle Techniken um wieder ins Leben zurück zu finden, und es schien zu funktionieren.

Mit Schulmedizin alleine ist das nicht möglich, denn diese lindert Symptome zwar, aber löscht sie nicht. So landete ich eines Tages bei einer Familienaufstellung, in der ich zunächst als Platzhalter fungierte. Jedoch so von dem Ergebnis überrascht wurde, dass ich mich selbst zu einer anmeldete. All das musste geschehen um dem Todesthema im achtzehnten Lebensjahr auf die Spur zu kommen um es mit seinen Ahnengeschichten sowie Erinnerungen und Einflüsse, aufzulösen. Es war nicht wichtig was im Detail dahintersteckte. Wichtig war, dass ich wusste was es mit dem Tod im Alter von 18 Jahren auf sich hatte, und wir es sofort an Ort und Stelle auflösen konnten. Und damit war es für mich geheilt und gelöscht.

Als schließlich meine jüngste Tochter 18 Jahre alt wurde, lag die Familienaufstellung schon lange weit hinter mir. Ihr damaliger Freund konnte gegensätzlicher gar nicht sein als meine Tochter. Nun, wo die Liebe eben hin fällt. Bis mich ein plötzlicher Anruf erneut aufschrecken ließ. Vorsätzlich fuhr dieser besagte Freund meine Tochter frontal gegen einen Baum. Wie durch ein Wunder wurde sie nur leicht verletzt. Ich glaube, ich habe noch nie so viel aus Dankbarkeit geweint wie in diesem Moment. Das Schicksal war besiegt und das Todeskarma gelöscht. Im Kopf bekommst du die Geschehnisse gar nicht so auf die Reihe weil du einfach nur dankbar bist. Die seelischen Wunden allerdings heilten erst einige Zeit später. Und auch bei mir erlöste sich dadurch so einiges.

Durch einen glücklichen Zufall, spülte mich das Leben zurück in die Medizin, aus der ich ursprünglich auch kam. Ich absolvierte ein Teilmedizinisches Fachstudium in Bayern als Pharmareferentin und wurde sofort in einem der größten forschenden Unternehmen fest angestellt. Mit einem zu dieser Zeit für mich exorbitanten Gehalt Firmenwagen plus

betrieblicher Altersvorsorge. Die Zukunft war gesichert, und ich reichte die Scheidung ein.
Ich war endlich frei und ich konnte wieder atmen. Ich atmete, atmen bedeutet Leben, und ich lebte und atmete. Ich lachte ich machte Sport, ich joggte jeden Tag um den Puls in meinen Adern zu spüren. Meine Panikattacken vergingen allmählich, und ich lernte mit meinen Gefühlen umzugehen. Ihnen Raum zum atmen zu geben, und dass es normal ist ein eigenes Gefühl zu haben, und nichts schlechtes wofür man bestraft wird. Ich war frei!

Ich lernte die Sprache meines Körpers kennen und wie vielseitig dieser mit uns spricht. Ich erfuhr von einem Chakren System das mit meinen Organen verbunden ist, und das Farben heilen. Ich staunte wie sich dadurch mein Heilungsprozess beschleunigte.

In der Chakren Lehre sowie in der Farbtherapeutischen Behandlung kann man sehr gut erkennen welche Farbe welchem Körperteil, welchem Organ und welchem Wirbel zugehörig ist. Es gibt eine Vielzahl von wirklich sehr guten Büchern die es sich lohnt zu lesen. Mein Favorit ist das Buch, Chakren und Aura Diagnose von Ellen Grasse. Es ist so umfangreich geschrieben dass dieses Buch allein

schon ausreicht, um gesund zu werden und zu bleiben, wenn es ernsthaft gelesen wird.
Lass uns an dieser Stelle in die Welt der Farben eintauchen. Farben beschreiben in der Regel unseren Gemütszustand recht gut. Zu welcher Farbe fühlst du dich im Augenblick besonders hingezogen? Recherchiere einmal und entdecke dabei die zahlreichen Informationen die dahinterstecken. Dadurch wird es dir leichter fallen deine Emotionen besser zu verstehen. Du kannst es dir erklären warum du gerade so bist wie du bist. Warum du gerade so fühlst wie du fühlst.
 Farben wechseln natürlich auch, so wie unsere Stimmung wechselt. Du fühlst dich befreiter da du eine Ahnung davon bekommst wo dieses Gefühl herkommt. Welche Ursache, Personen oder Umstände der Auslöser dafür waren.
Du wirst aus der Vielfalt der Informationen herausfiltern was zu dir gehört, und was nicht. Sicher ist davon alleine die Emotion mit ihren körperlichen Auswirkungen noch nicht verschwunden. Aber du hast schon einmal einen sicheren Anhaltspunkt gefunden. Und er wird dir augenblicklich Erleichterung verschaffen. Tatsächlich ist es die Mühe wert einen Ausflug zu machen, in die Welt der Farben. Du wirst überrascht sein.
Mein Favorit ist blau. Alles was Blautöne enthält zieht mich magisch an. Die Farbe Blau zu berühren inspiriert mich und lässt mir vielerlei Informationen zufließen. Mal erfasse ich sie wie einen Geistesblitz,

ein kurzer aber prägnanter hilfreicher Gedanke. Und so manches mal eine ganze Geschichte. Blau ist eine meiner Grundtöne, in denen ich mich unendlich frei sicher geborgen und wohl fühle. Blau steht auch für den Erzengel Michael, der starken Schutz über uns walten lässt, und uns vor Unheil bewahrt.

In vielen Phasen meines Lebens kann und konnte ich den starken Schutz gut gebrauchen. Zum Beispiel wenn ich nicht weiß welche Richtung ich einschlagen soll, wohin mein Weg führen soll, brauche ich Schutz und Sicherheit. Wenn ich mich gedrängelt fühle, mache ich Fehler und lasse mich all zu leicht in eine Richtung lenken in der ich mich nicht wohl fühle und die mir eher schadet.

Im Grunde genommen steht Blau für Ruhe und Zufriedenheit. Blau kann aber auch Kälte ausstrahlen. Mich allerdings erfrischt sie eher. Ich fühle mich leicht und beschwingt. Grenzenlose Weite, frei wie der endlose blaue Himmel. Und genau dieses grenzenlose erweckt in mir eine Sehnsucht in dessen Bedeutung ich mich wiederfinde, aber auch verlieren kann. Es ist das Gefühl grenzenloser Weite in mir. Ein beschützter Raum in dem ich mich ausdehnen kann um zu fühlen zu träumen, und um mich darin zu erholen. Leider gelingt es mir nicht immer.

Im Moment überwiegen bei mir die Sorgen um meine Zukunft. Besonders um meine Existenz. Materielle Seite, rechte Körperhälfte. Ich klammere mich an althergebrachtes das mir Sicherheit gibt. Und, ich habe Angst vor dem Fortschritt nach dem ich mich so sehr sehne. Es fällt mir schwer weiterzugehen, da mir doch so einiges Unbekanntes auf dem Weg liegen wird und ich für plötzliche Katastrophen einfach keine Kraft mehr habe. Der Schmerz im Bein zeigt mir deutlich, dass ich Angst habe weiterzugehen. Allerdings, wer sagt denn dass es Katastrophen sind die vor mir auf dem Weg liegen? Um es auf den Punkt zu bringen. Meine Gedanken zum Thema Fortschritt haben meine natürliche Dynamik erstarren lassen, wie mir mein Schmerz im rechten Bein zu verstehen gab. In der Bewegung wurden die Schmerzen letztendlich besser.

Das schlimmste zu erwarten bedeutet auch, sich unsicher zu fühlen und man hofft auf Führung und Unterstützung die man allerdings, wenn sie nicht auf erwartetem Wege kommen, erst einmal ablehnt, oder sich schnell bevormundet fühlt. Es ist also gar nicht so einfach. Gefühle sind schließlich wiederum der weiblichen Seite zugeordnet. Wie man sieht kommt man nicht darum herum, beides wieder ins Gleichgewicht zu bringen. Wieder ausgeglichen zu werden und zu sein, und am besten zu bleiben.

Mein Gleichgewicht, meine Gedanken, meine Intuition. Alles war ins Wanken geraten aus der Unentschlossenheit und Furcht heraus, eine falsche Entscheidung treffen zu können, blieb ich lieber stehen. Im Prinzip, wie wir wissen, ist es nicht die Entscheidung die uns Angst macht oder zögern lässt. Sondern die damit verbundene Verantwortung. Selbst schuld zu sein an dem angerichteten Desaster ist grauenvoll. Aber wie wäre es denn, wenn uns anstatt eines Desasters glorreiche Zeiten bevorstünden, und wir diese aus Mangel an Entscheidungskraft dadurch verpassen würden? Denke einmal darüber nach.

Es liegt tatsächlich einzig und allein in unserem Ermessen was wir erfahren wollen. Nutze alles was dir das Universum, genannt Zufall, dafür in die Hände spielt.

Wenn du inspiriert bist von einem Grundton der deinem Wesen entspricht, dann schreibe dir alles auf was dir dabei in den Sinn kommt, wenn du dich in diese deine Farbe hineinfallen lässt. Wenn du dir zu einem späteren Zeitpunkt deine Informationen zur Hand nimmst wirst du staunen was du alles nieder geschrieben hast. So gerät nichts in Vergessenheit und auch rückblickend wird sich dir dadurch das eine oder andere erschließen.
Eine äußerst interessante Internetseite fällt mir in diesem Zusammenhang ein. Ich habe sie auf der Suche nach den Bedeutungen der Farben gefunden und kann sie nur wärmstens empfehlen. Die Seite heißt Lichtkreis.at.
Eine Textpassage hierzu möchte ich gerne zitieren, denn sie hat mir die Augen geöffnet und maßgeblich dazu beigetragen meinen Heilungsprozess in den

Fluss zu bringen. Diese Textpassage ist so vielseitig und dient auch ganz gut als Leseprobe.

Die Farbe blau wirkt beruhigend und entspannend. Diese Farbe eignet sich optimal um inneren und äußeren Frieden zu finden, und Stress und Hektik abzubauen. Blau löst nervös bedingte Verkrampfungen. Die Muskeln lockern sich und das Herz kann sich beruhigen. Blau vermittelt die ausgleichende Energie, die unser Organismus benötigt, um den zunehmend hektischen Alltag ruhig und gelassen zu bewältigen. Blau wird in der Farbtherapie unter anderem zur Behandlung von Migräne, Halsbeschwerden, fieberhaften Erkrankungen und Rückenschmerzen eingesetzt. Als meditative Farbe, lässt sich blau zur Abkühlung von Tagestress zur Regeneration und Erholung einsetzen.

Wenn wir das Rad zurück drehen woher die körperlichen Symptome eigentlich kommen, dann landen wir wieder sehr schnell bei den Emotionen. Wenn ein Bauunternehmer Stress mit dem Auftraggeber hat weil dieser nicht fristgerecht bezahlen möchte, zieht das seine Kreise. Die Folge wird sein, er bekommt im besten Fall Kopfschmerzen, und im schlimmsten Fall ein Magengeschwür. Die kreisenden Gedanken und die Emotionen die diese dabei hervorrufen sind maßgeblich ausschlaggebend für die physischen Folgeerscheinungen. Zu viele sorgenvolle Gedanken machen krank. Wenn du dir dann Schlussendlich eine Auszeit nehmen musst, merkst du auf einmal, dass sich die Erde auch ohne deine Zutun weiterdreht.

Ein weiteres Beispiel für zu viel Denken im Vorfeld ist, wenn wir unsere Gefühle zurück halten. Wir tun dies um Schmerzen zu vermeiden und setzen uns damit gewaltig zu. Wir wollen andere vor unseren Gefühlen schützen aus der Unsicherheit heraus uns zu schnell zu offenbaren. Warum hören wir nicht damit auf für andere zu denken? Vielleicht verhindern wir damit erst recht dass unsere Gefühle erwidert werden. Warum verstecken wir uns und leiden stumm vor uns hin. Wofür dieser Kraftakt?

Ich habe mich sooft dabei ertappt die aufkommende Liebe zu einem Mann im Keim zu ersticken um nicht eine Abfuhr zu erhalten. Immer in der stillen Hoffnung mein Opfer der Begierde wagt mutig den ersten Schritt. Wie oft habe ich aus Unsicherheit viel zu viel geredet und mein Gegenüber dadurch verjagt. Verdammt nochmal, wo ist die Gebrauchsanweisung? Ablehnung macht Gemütskrank und Depressionen können eine mögliche Folge sein.

Mir jedenfalls wurde das irgendwann alles zu bunt und zu kompliziert. Ich kapitulierte und fing an mich erst mal um mich selbst zu kümmern. Ich begann mir meine inneren und äußeren Verletzungen anzuschauen. Erstaunlicherweise begegneten mir in dieser Zeit immer wieder Menschen die die gleichen

Themen hatten wie ich. Und mir wurde klar und deutlich bewusst, wenn ich glücklich sein will, dann muss ich mich aus all den Anhaftungen der Vergangenheit befreien, und endlich Eigenverantwortung übernehmen. Und ich fasste einen Entschluss.

Ab heute, egal was kommt, wie schwer es auch sein wird. Ich werde durch diesen Schmerz hindurchgehen. Und so fing ich an, mich intensiv mit all meinen Zipperleins auseinanderzusetzen. Halleluja tapfere Entscheidung, verdammt hart im Umsetzen. Ich heulte gefühlte zwei Wochen durch und igelte mich förmlich ein. Seinem Schmerz zu begegnen ist ungefähr so, wie sich ein Küchenmesser in den Bauch zu rammen. Und glaubt mir eines, ihr seid in dieser Zeit absolut nicht gesellschaftsfähig! Kaputte Menschen ziehen kaputte Menschen an. Warum? Sie tun es um sich gegenseitig zu heilen. Was für ein Mist aber auch. Da wartest du auf deinen Prinzen und wer kommt? Rumpelstilzchen! Bin ich überrascht, nein. Denn manchmal ist es auch wichtig eine gesunde Portion Humor mit ins Leben zu nehmen, denn wir wollen ja nicht wirklich in ein Küchenmesser rennen.

Kleiner Ausflug in die heilende Welt der Farben

Es gibt zahlreiche Bücher zu dem Thema Farben und Heilung. Kaufe dir das Buch zu dem du dich am meisten hingezogen fühlst. Du wirst sicher nicht bei einem Buch bleiben. Allerdings zusammenfassend steht immer wieder in etwa das gleiche darin. Und einen breiten Querschnitt durch alles was ich darüber jemals gelesen habe, möchte ich hier kurz wiedergeben. Ich hatte mir immer Notizen zu allem gemacht, und diese gesammelten Werke helfen, so hoffe ich doch, schon jetzt ein Stück weiter. An all die Verfasser der Bücher der Welt der Farben. Ich weiß wirklich nicht mehr wo und wann ich das aufgeschrieben habe. Man möge mir verzeihen. Aber empfehlen kann ich sie alle. Wie schon erwähnt, es ist einfach nur eine kurze Zusammenfassung.

Rot
Rot ist die Liebe, wie der Volksmund sagt. Wahrscheinlich weil rot äußerst kraftvoll ist und viel Lebensfreude spendet. Rot ist geballte Energie und Power. Stimulierend und voller Wärme. Aber es kann auch heiß werden, triebhaft im Sinne der Sexualität. Man denke an das Rotlicht Milieu. Rot kann auch unterdrückend wirken und schnell ins Negative kippen. Übermacht bekommen durch zu viel Dominanz. Rot lässt sich gut einsetzen bei Blutarmut.

Blau
Blau hat Tiefe, Kühle, und Stille bis hin zum Stillstand. Blau fährt uns sprichwörtlich herunter und lässt uns

zur Ruhe kommen. Wir spüren inneren Frieden und entspannen. Wir atmen leichter und freier durch und fühlen uns regelrecht erfrischt. Je heller das Blau wird umso weiter erscheint es uns.
Blau wirkt hervorragend bei zu hohem Blutdruck. Beschwerden von Hals, Nase Ohren und Lunge werden gelindert.

Grün
Die Farbe Grün beruhigt ebenso. Das spüren wir sofort wenn wir einen Sparziergang durch den Wald machen. Überhaupt das Grün der Natur hat eine sehr heilende Wirkung auf den Körper. Außerdem wirkt es wachstumsfördernd. Ein frisches Frühlingsgrün lässt uns förmlich erwachen. Das satte Grün der Wiesen wirkt anregend auf den Geist. Unsere Lebensfreude wird lebendiger. Grün lindert ebenfalls Bluthochdruck, da es eine sehr sanfte Ausstrahlung hat. Auch Gelenksentzündungen lassen sich sehr gut mit der Farbe Grün behandeln. Insgesamt eignet sich die Farbe Grün besonders gut für Körper Geist und Seele.

Gelb
Gelb ist eine freundliche Farbe, die wärmend wirkt aber auch erfrischend und belebend. Gelb kann uns aber auch blenden, denken nur einmal an die Sonne. Als Signalfarbe warnt sie uns auch vor möglichen Gefahren. Gelb spendet Lebensfreude und wirkt unterstützend auf den Intellekt. Dies hilft uns

wiederum wenn wir studieren und etwas lernen müssen. Gelb hält uns außerdem wach, und wir sprühen förmlich vor Lebendigkeit. Gelb ist auch die Farbe der Ernte und der Reife. Sie bringt uns Fülle sowie Reichtum und erhellt jeden brachliegenden Aspekt in uns. Gelb steht auch für Wiedergeburt. Was im Dunkel lag wird erhellt. Bei Verstimmungen kann die Farbe Gelb hervorragend eingesetzt werden. Auch Depressionen werden durch ihr Licht gelindert. Gelb wirkt ausgezeichnet auf Blase, Nieren, Magen und Darm.

Braun
Zu Braun gibt es nicht viel zu sagen. Die Wärme der Farbe Braun wirkt beschützend und beruhigend. Braun erdet und gibt die nötige Tiefe in uns zurück die beruhigend auf all unsere Organe im Körper wirkt. Braun lässt uns tief in Verbindung gehen mit Mutter Erde. Emotionale Übertreibungen lassen sich sehr gut lindern mit der Farbe Braun, denn sie führt uns sanft auf den Boden zurück.

Schwarz
Die Farbe schwarz deckt zu. In ihr kann man sich verstecken denn sie deckt alles zu was zuvor sichtbar war. Für eine gewisse Zeit schützt uns Schwarz auch. Nur sollten wir uns nicht zu lange in ihr aufhalten, denn sie schluckt viel Energie. Schwarz lässt sich gut dafür einsetzen wenn ich meine Ruhe haben will. Dann hält sie meine Energie fest und ich kann

ungestört sein. Schwarz sollte sparsam eingesetzt werden denn es kann tatsächlich zu Depressionen führen.

Weiß

Weißes Licht erhellt alles. Die Farbe Weiß bedeutet absolute Reinheit Unschuld und Sauberkeit. Weiß gibt uns das Gefühl zurück unbelastet zu sein. Weißes Licht ist gut für innere Reinigung und Klarheit. Weiß erhellt unsere Gedanken. Weißes Licht trägt alle Farben in sich. Es befreit die Seele und ist universell einsetzbar. Weiß bedeutet auch die Geburt in ein neues Leben.

Orange

Die Farbe Orange spendet uns Kraft und Wärme. Wir werden optimistischer und sehen die Welt positiver. Haben mehr Freude und Tatkraft. Sind motivierter und Kreativ. Wir erleben in uns eine neue Schaffenskraft. Orange wirkt auf uns und unsere Umgebung harmonisierend. Aber auch neuen Schwung bringt diese Farbe mit sich. Vor allem im Liebesleben wirkt sie spielerisch auf Lust, Erotik und bringt die Sinnlichkeit zurück. Orange bedeutet mit allen Sinnen genießen. Apricot, ein sanfter Pfirsichton, wirkt hervorragend gegen Depressionen. Emotionale Lähmung verschwindet einfach durch dieses Licht. Du fühlst dich ins Leben zurück geholt.

Rosa

Bedingungslose Liebe ist wohl schönste Eigenschaft die diese Farbe in sich trägt. Aber auch Mitgefühl und Sanftheit wird dieser Farbe zugesprochen. Wer sich mit der Farbe Rosa verbindet fühlt sich angenommen und angekommen.

Pink
Ein krachendes Pink will gesehen werden. Wirkt dabei auffallend heiter und Selbstbewusst. Pink trägt den Reiz des Besonderen in sich. Kreativ mutig und künstlerisch zeigt sie sich diese Farbe im wahrsten Sinne des Wortes. Pink setzt ein auffallendes Signal. Zuviel davon kann allerdings schnell Tussig und billig wirken.

Violett
Mischt man die Farben Rot und Blau erhält man Violett. Diese Farbe bildet eine Brücke zwischen Körper Geist und Seele. Sie bewirkt Reinigung im Sinne von Transformation. Physisch sowie spirituell ist die Farbe gut für unser Nervensystem. Violett besitzt sogar die Eigenschaft entartete Zellen umzuwandeln. Durch die Bestrahlung des violetten Lichtes kann die Haut sich regenerieren und entspannen. Die Vielfältigkeit der Farbe Violett ist bei Leibe nicht zu unterschätzen. Der Volksmund sagt: Violett sei die letzte Versuchung. Stimmt, wenn gar nichts mehr funktioniert, Violett geht immer.

Gold

Die Farbe Gold bedeutet universelle Liebe und ist selbstregulierend. Gold mit weiß ist sehr zu empfehlen wenn wir sanfte Heilung benötigen. Damit gelingt es uns in unserem Rhythmus die Heilung auch zulassen zu können, und anzunehmen. Als Mantra eignen sich hierfür folgende Sätze:
Ich bin im Zentrum des immer fortwährenden Licht.
Ich bin beschützt.
Ich bin sicher.

Silber
Die Farbe Silber heißt auch weibliche Mondenergie. Sie hilft gut gegen Leukämie. Auch als Spiegelenergie wirkt sie gegen Angriffe von außen. Diese werden sofort an den Angreifer zurück zurückgesendet. Nur die liebende Energie kann durch diesen Spiegel zu uns fließen. Ich kann mich also jederzeit in dieser wohltuenden Liebe sicher fühlen.

Dieser kleine Ausflug durch die Farben ließe sich natürlich noch beliebig erweitern. Sich ein Buch über die Wirkungskraft der Farben zu kaufen lohnt sich in jedem Fall.

Ein Wegweiser zeigt dir verlässlich den Weg.
Aber er kann keinen Schritt für dich tun!

Mein Leben kann sich logischer Weise nur verändern wenn ich etwas dafür tue. Wenn andere sich verändern dann ändert sich mein Leben natürlich auch, allerdings dann in die Richtung die ich leider nicht vorgegeben habe. Ich bestimme aber mein Leben. Es ist sonst keiner da der dies für mich tut. Und ich habe keine Lust mehr auf Veränderungen anderer zu reagieren und mein ganzes Leben umzukrempeln nur damit es in das Leben eines anderen hineinpasst. Es sollte sich ergänzen. Welche Gewohnheiten sollte ich mir zulegen, und welche dafür ablegen. An dieser Stelle reflektiere einmal selbst, welche Konsequenzen sich aus dieser Erkenntnis ergeben. Es geschieht wirklich nichts, es sei denn ich bringe es selbst auf den Weg. Also, wie verändert sich dann mein Leben.

Mit dem Mainstream mitzugehen, bedeutet nicht unbedingt den richtigen Weg eingeschlagen zu haben. Im Gegenteil. Es bedeutet eher, ein Stück Eigenverantwortung aus Bequemlichkeit abgelegt zu haben. Wo die Masse hinrennt, da muss es ja gut sein. Haha.

Laut Wikipedia heißt Mainstream: Geschmack einer großen Mehrheit. Doch leider fühlt die Menschliche Mehrheit eher Hass als Liebe. Stolz statt Mitgefühl. Wut anstatt Freude. Doch warum ist dem so? Ich kann es dir sagen warum. Aus Angst. Was für erbärmliche Angsthasen sind also die Menschen, die Verurteilen, sich dabei aufblasen und fast platzen vor Neid Wut und vor überheblicher Arroganz.

Kritisieren, aber nie loben. Über andere Menschen Angelegenheiten richten, die sie im Grunde genommen wirklich rein gar nichts angehen.

Wie die Wellen das Wasser an Land spülen, so wirst auch du jeden deiner stetig wiederkehrenden Gedanken, egal aus welchen Emotionen heraus entstanden, an Land wiederfinden. An deinem Land! Also beschwere dich nicht. Du erntest nur was du gesät hast.

Mir ist es egal was du mit dieser Information machst. Glaube sie, oder vergiss sie einfach. Es ist dein Leben und deine Entscheidung.

Wie uns die Umwelt und das gesehene beeinflusst, erkennen wir schon allein daran, wenn wir aus dem Kino kommen. Sehe ich einen Gruselfilm, werde ich auf dem nach Hause Weg durch die dunkle Nacht sicher hinter jeder Ecke eine Gefahr vermuten, und zu Tode erschrecken wenn eine Katze aus dem Gebüsch springt. Genauso verhält es sich mit schönen Filmen die bereichern. Neue Denkanstöße mit auf den Weg geben. Gehe ich nach so einem Film nachts nach Hause, werde ich gemütlich dahin schlendern und meinen Gedanken freien Lauf lassen. Ich lasse mir den Wind um die Nase wehen, und atme die süße Nacht genüsslich ein. Merke auf, es ist ein und dieselbe Nacht. Es ist die gleiche Welt mit einer jeweils anderen Betrachtungsweise.

Ich frage dich, was willst du erfahren, was willst du fühlen, und was willst du erleben.

Sicher sind wir Umwelteinflüssen ausgesetzt oder familiären Situationen die uns an unsere Grenzen bringen. Die Frage ist: Denke ich in Lösungen oder Problemen? Überlege einmal ganz gezielt, kann ich mich distanzieren oder mache ich mich wichtig. Habe ich etwas Konstruktives mitzuteilen, oder will ich nur meine schlechte Laune an anderen ablassen? Kann ich ertragen andere lachen, lieben und glücklich zu sehen? Neige ich dazu die mir gezeigten Emotionen zu negieren, oder sie sogar schlecht zu reden. Bin ich etwa eifersüchtig auf zu viel gelebte Liebe und die Menschen die den Mut haben ihre Liebe zueinander auch zu zeigen? Soll ich dir was verraten? Ja, das bist du.
Mache aber was du willst. Zerreiße dir im wahrsten Sinne des Wortes den Mund über andere. Wundere dich dann allerdings nicht, wenn das die anderen dann auch über dich tun. Was erwartest du wie so ein Klatschonkel oder eine Klatschtante behandelt wird. Ich halte mich von solchen Menschen fern. Das ist ihr Themenpark: die dunkle Welt. Aber bitte, wenn sie sich darin wohlfühlen, werden sie sicher auch viele Spielgefährten finden. Ich muss nicht auf allen Hochzeiten tanzen. Ich suche mir die Hochzeiten wohlweislich aus, auf denen ich tanzen will. Und wenn ich spüre, dass mir Menschen halbseidenen

Geschichten erzählen und sich über aller Maßen profilieren wollen, dann verabschiede ich mich schnell mit einem Lächeln auf den Lippen, und verlasse den Saal. Ich habe nämlich auf die Spaßseite gewechselt. Und auf dieser Seite meinen wir es gut miteinander. Soll ich dir etwas verraten? Es sind noch jede Menge Plätze frei.

Nicht, dass du jetzt meinen würdest ich ignoriere das Leben mit seinen vielen Stolpersteinen sowie Egofallen. Nein. Mein Leben, und ich bin mittlerweile 57 Jahre jung, war nicht auf Rosen gebettet. Ich habe drei Kinder die ich von ganzem Herzen liebe, und jedes von ihnen hat seinen eigenen Vater. Wie das Leben eben so spielt. Wir handeln alle aus Liebe. Heiraten aus Liebe, lassen uns wieder scheiden, heiraten erneut und das natürlich wieder aus Liebe. Und zwischen der ganzen Liebelei fehlt es manchmal leider an Orientierung und Vorbildern, wie eine Partnerschaft am Leben erhalten wird, wenn die Hormone gerade ihren Betriebsausflug machen. Niemand will vorsätzlich den anderen enttäuschen oder im Stich lassen. Wir haben überwiegend leider nur Vorbilder wie es nicht funktioniert, und tun uns dann furchtbar selber Leid, wenn auch wir eines Tages vor dem Scherbenhaufen unserer großen Liebe stehen. Aber halt, das muss nicht sein.

Mit dem Entschluss die Opferrolle zu verlassen und damit aufzuhören den Umständen die Schuld dafür in die Schuhe zu schieben, beginnen wir auch über so manchen Fehler hinwegzusehen. Brauchen keinen

„Bespassungskasper" mehr, und sind in der Lage uns tatsächlich selbst glücklich zu machen. Das wiederherum inspiriert unseren Partner der es uns gleich tut, und wir haben somit wieder neuen Gesprächsstoff für unterhaltsame Abende zu zweit. Und zack, sind die Hormone aus dem Betriebsurlaub zurückgekehrt.

Was ich nicht ändern kann, darüber lohnt es sich auch nicht zu philosophieren.

Es lohnt sich aber es in Zukunft besser zu machen. Auch ein Einfaches „Es tut mir leid", hat schon so manches Wunder bewirkt. Es hilft uns einen neuen Ansatzpunkt zu finden ohne darüber in Selbstmitleid zu zerfließen. Ich sage nicht, dass es damit getan ist. Ich sage nur, dass es ein Anfang ist. Es steckt immer Angst dahinter einen Fehler zuzugeben. Denn die Gefahr ist groß, dafür nicht mehr geliebt zu werden. Der kleine Besserwisser da oben genannt Ego, bremst uns geradezu aus. Allerdings wissen wir auch dass eben nicht immer über alles das sprichwörtliche Gras wächst.
Besser ist es den Nährboden so vorzubereiten damit das Unkraut wenig bis gar keine Chance hat sich dazwischen zu mischen.
Vergebung ist wohl das schwierigste im Leben. Vor allem dann wenn außer den Gefühlen das Ego mit

verletzt wurde. Wenn, Einsamkeit und Angst, anstelle von Schutz und Vertrauen die frühe Kindheit prägten, ist das mit dem Vertrauen in sich selbst gar nicht so einfach.

Als Erwachsener wollen wir selbstverständlich alles besser machen. Doch dieses unbedingte Wollen verhindert es jedoch allzu gerne. Was passiert da? Ich kann es dir sagen. Das unbedingte Wollen ist dein Ego. Wenn ich mein Ego nicht mit meinen Gefühlen paare, will heißen das Gefühl nicht in mein unbedingtes Wollen einbringe, also integriere, bin ich hart und unerbittlich. Ungerecht und gnadenlos. Wie ein Reptil walze ich alles nieder was sich mir und meinem Ziel in den Weg stellt.

Schon einmal darüber nachgedacht, dass der so verursachte Schaden, den dein Egoismus an anderen Menschen angerichtet hat, wieder auf dich zurückfallen könnte? Will wiederherum heißen, dass du eines Tages, übergangen, klein gehalten beleidigt oder missachtet wirst. Wie du weißt wirst du das was du säst unweigerlich auch ernten. Und sei jetzt bitte nicht überrascht. Denn du weißt es, dass es sich so verhält. Schonungslos, immer, und bei jedem von uns. In irgendeinem Leben muss ich wohl ein ziemliches Biest gewesen sein, wenn ich so an die vielen Leiden zurückdenke. Oder bin ich einfach nur falsch abgebogen? Wollte ich etwa ein bequemes Leben auf Kosten anderer? Und wiederum andere auf meine Kosten ein ebenso bequemes Leben? Welche Vorbilder lebe da nach?

Angst und Einsamkeit sind nicht zu unterschätzende Waffen. Wenn du aber gelernt hast damit umzugehen, dann zeige auch anderen wie sie damit umzugehen haben. Gib ihnen einen Hinweis wie es funktionieren könnte selbstsicherer zu werden. Aber mische dich nicht in ihr Leben ein. Sei behutsam, aber missioniere nicht.

Wie zuvor schon erwähnt, es ist immer nur ein kleiner Anfang. Ein Lichtblick in einer dunklen Zeit. Du allein wirst es entscheiden wie hell es deinem Leben sein soll. Nur du allein. Es ist dein Leben, deine Lebenszeit, deine Erinnerungen deine Gefühle und deine Gedanken. Dein eigener Film des Lebens. Du wählst das Genre:

Humor oder Action. Porno oder Spaß. Familie oder Abenteuer. Natur oder Gewalt. Liebe, Lachen, Romantik, oder Betrug und Lüge. Hinterlist Manipulation oder Rachefeldzüge. Dramen oder Chillen. Nervenkitzel oder Entspannung.

Gesundes, Krankes, Sportives, der Themenpark auf Mutter Erde ist grenzenlos. Denke einmal darüber nach was wirklich zu dir passt. Und schüttele sofort ab was nicht zu dir gehört. Oder starte den Versuch dich davon zu distanzieren.

Vielleicht ist deine Entscheidung nicht unbedingt zum Wohle aller. Aber es ist eine Entscheidung zu dir.

Unsere Herkunftsfamilien wollten sicher immer das Beste für uns. Und deren Eltern sicherlich auch. Sie gaben uns ihr Bestes. Aber es war eben nur ihr Bestes und nicht deines. Was für ein Karma nimmt also so ein kleines Kind mit ins Leben, ohne dabei selbst schon eine eigene Erfahrung gemacht zu haben. Wie belastend muss es für ein Kind sein dessen Eltern alles kritisieren und schlecht reden? Er wird als junger Erwachsener der Welt kritisch und mit Vorbehalt begegnen. Da er die feste Überzeugung und Vorstellung zu diesem Weltbild in sich trägt, wird er auch genau die Menschen anziehen, die die Welt genauso kritisch und mit Vorbehalt betrachten. Wolltest du es denn nicht besser machen? Die anders denkenden wird er schlicht und ergreifend nicht sehen können, da ein harmonisches Weltbild in seinen Gedanken nicht existiert. Weißt du eigentlich wie traurig das ist? Also lebe bitteschön ab sofort dein Bestes.

Erlegen – Ergeben

Muss ich mich denn meiner Vergangenheit stellen um in meiner Zukunft zufrieden und glücklich zu sein? Ja das musst du. Muss ich die Altlasten meiner Familie abtragen? Nein, das musst du nicht. Darum geht es ja. Du sollst eine Entscheidung treffen und deinen eigenen Weg einschlagen, damit du deine eigenen Erfahrungen machen kannst. Deine eigenen Überzeugungen vom Leben an sich bekommst, und für dich suggerierst was du gebrauchen kannst, und

was nicht. Schmeiß über Bord was für andere
bequem und richtig ist.
Beobachte doch einmal deine Familie wie sie über die
Vergangenheit spricht. Du wirst dabei bemerken wie
sich ein roter Faden der Ereignisse in jeder
Generation wiederfindet. Achte auf Sätze wie:
Das war schon immer so.
Da kann man nichts machen.
In unserer Familie werden alle mit 50 krank.
Oder schlimmer noch, sie sterben an einem
Herzinfarkt.

Somit wirst du ängstlich deinem fünfzigsten
Lebensjahr entgegen bibbern und dich schon mal auf
einen Herzinfarkt vorbereiten. Aber muss das sein?
Nein, sicher nicht. Wie wäre es damit wenn du
anstatt einen Herzinfarkt zu erwarten zu dir selbst
sagen würdest:
Der Kelch geht an mir vorüber.
So ist es ja, aber mit mir hat das alles nichts zu tun.

Damit bekunde ich, ein Eigenleben zu haben das
ausschließlich auf das reagiert was ich für richtig
halte. Was in diesem Moment geschieht ist, das ich
mich aktiv aus der Familiensituation und der
Ahnenreihe enthoben habe. Durch die feste
Überzeugung von einem Herzinfarkt mit fünfzig
verschont zu bleiben, werde ich auch weit über mein
fünfzigstes Lebensjahr hinaus noch Geburtstag feiern.

Ich habe mich nicht schicksalshaft ergeben. Ich habe einen eigenen Weg gewählt.

Der Herzinfarkt ist sicher nur ein Beispiel dafür wie belastend Familienkarma auf uns wirkt. Das gleiche gilt aber auch für unerfüllte Liebesbeziehungen, Streit, Scheidung, Misshandlung und so weiter. Wir müssen damit aufhören uns in Selbstmitleid zu baden, und unser Schicksal aktiv in die Hand nehmen. Ich hatte von meiner Mutter stets zu hören bekommen wie schwach doch ihr Kreislauf ist. Das sie als kleines Kind immer wieder ohnmächtig wurde. Zeitlebens hatte sie Schwierigkeiten damit. Also achtete ich besonderes darauf wann mir schwindlig wurde. Allerdings sah ich meine Mutter nie in ernsthafter Gefahr und somit wusste ich auch ein niedriger Blutdruck führt nicht unmittelbar zu einer Katstrophe. Ich gab das schließlich brav an meine Kinder weiter. Mittlerweile sind wir davon geheilt. Aber was führte zu dieser Heilung.

Der bewusste Entschluss zu akzeptieren dass es so ist in unserer Familie aber mit uns nichts zu tun hat. Ich habe in meinem Teilmedizinischem Fachstudium gelernt, dass Krankheiten wie Krebs oder andere schlimme Erkrankungen weitervererbt werden können. Es aber immer Generationen gibt die diese schlimme Erbfolge unterbrechen. Und das kannst du auch. Hier jetzt und sofort. Es ist nur eine Entscheidung. Schreibe dir den folgenden Satz auf und wiederhole ihn immer wieder, am besten vor dem Schlafengehen.

So ist es, aber mit mir hat es nichts zu tun. Ich bin frei von Karma, Schuld und Altlasten. Und so ist es auch!

Auch ich arbeite bis heute noch mit solch aufbauenden Suggestiv-Feststellungen. Denn mein Bewusstsein akzeptierte ausschließlich Fakten, und hatte wenig bis gar nichts übrig für bloße Behauptungen. Bis ich irgendwann eines besseren belehrt wurde und aus der bloßen Behauptung eine beweisbare Tatsache wurde. Und so fing für mich eine Zeit der Heilung an, in der ich viele falsche Überzeugungen und Glaubenssätze über Bord warf, und so nach und nach sich ein gesundes zufriedenes Leben einstellte.

Gut, ich arbeite immer noch an den Feinheiten. Aber hätte ich das schon früher gewusst, wären viele traumatische Ereignisse mir und meiner Familie erspart geblieben. Und darum schreibe ich dieses Buch. Wenn ich damit nur eine Generation erreichen kann die beherzigt und Versteht worum es im Leben geht, dann hat sich das alles hier schon bezahlt gemacht.

In dem Buch von Dr. Joseph Murphy – Die Macht ihres Unterbewusstseins – heißt es, ich zitiere:

Sehr vereinfacht lässt sich die Wechselwirkung zwischen Geist und Körper folgendermaßen darstellen. Das Bewusstsein fasst einen Gedanken, der im zerebrospinalen Nervensystem eine

Schwingung auslöst. Diese lässt einen ähnlichen Stromimpuls im unbewussten Nervensystem entstehen, wodurch der Gedanke dem Unterbewusstsein – und damit dem eigentlichen schöpferischen Medium – übermittelt wird, auf diese Weise werden alle Gedanken verdinglicht.
Jeder von ihrem Bewusstsein, als zutreffend betrachteter Gedanke wird von ihrem Gehirn an das Sonnengeflecht, also an die Zentrale des Unterbewusstseins weitergeleitet. Welches dann dafür sorgt, dass diese Vorstellung als körperliche Reaktion, als Ereignis, oder als äußere Lebenssituation realisiert wird.

Hiermit ist der Biochemische Beweis dafür geliefert, das das was du für wahr hältst, immer und zwar ausnahmslos in Erscheinung treten wird. Was brauche ich also für mein Wohlbefinden? Bevor du dich nun dem Wirrwarr deiner Gedanken und denen deines Umfeldes widmest, stelle dir abschließend die wohl zwei wichtigsten Fragen:
1. Was will ich loswerden für mein Wohlbefinden.
2. Was brauche ich für mein Wohlbefinden.
Und dann tausche das eine für das andere aus. Und jetzt keine Ausreden mehr. Fang endlich damit an und hole dir dein Leben zurück.
 So und nun, Schluss mit Karma, ich hole den Sekt und lasse die Korken auf dich knallen. Stoße mit dir an und heiße dich herzlich willkommen. Willkommen in

deinem neuen aufregenden Leben. Und wer weiß das schon, vielleicht begegnen wir uns dort eines Tages einmal.

Zum Abschluss noch eine schöne Chakren Licht Farbmeditation

Komme zur Ruhe und mache es dir schön bequem. Schließe deine Augen und atme tief ein und aus. Gedanken kommen und gehen so wie die Wolken am Himmel vorbeiziehen. Manchmal dies, manchmal das. Alles darf sein so wie es ist.

Ein wunderschöner Regenbogen spannt sich über dir auf mit all seinen bunten schönen Farben. Du fühlst dich wohl und dir gefällt was du siehst. Und während dein inneres Auge die Farben betrachtet siehst du auf einmal wie eine Rote Lichtkugel von dem Regenbogen heraus auf dich zu kommt und in dein erstes Energierädchen mit der Farbe Rot eintaucht. Und du eine tiefe Heilung in deinem Wurzel Chakra am Ende des Steißbeines erfährst.

Du fühlst dabei wie du geerdet wirst in diesem Moment, und wie dein Urvertrauen wieder in dich Zurück kehrt. Du fühlst dich sicherer, stärker und beschützt. Verweile einen Augenblick in diesem wunderschönen Gefühl. Und lasse dich tragen.

Das Rot kehrt zurück in den Regenbogen und eine Orangefarbene Lichtkugel ergießt sich hell in dein zweites Chakra das deine Sexualität und Individualität steuert. Es befindet sich in deinem Unterbauch. Das helle Orange wäscht dich rein mit seinem lichtvollen klaren Wasser und gibt dir den Raum für die Süße des Lebens. Lasse dich tragen von den wunderschönen Gefühlen die jetzt in dir hochkommen.

Das Orange kehrt nun zurück in den Regenbogen und ein strahlendes frisches gelb fließt als Lichtkugel in deinen Bauch, in dein Sonnengeflecht. Dieses Chakra steuert dein Sehen und setzt das was du siehst in ein Gefühl um. Das strahlende lichtvolle gelb lässt nun dein Bauchgefühl erhellen wie ein Juwel. Lasse dich berühren und heilen in deinem Bauch.

Die frische gelbe Lichtkugel erhebt sich nun hinauf zu dem Regenbogen und verschwindet in ihm. Ein hellgrünes Licht erscheint augenblicklich und fließt als sanfte Lichtkugel in dein Herz hinein. In dein physisches Herz und löscht alte Narben. Kräftigt dein Vertrauen in dich und dein Gefühl das du auch für andere Menschen mit Herzlichkeit empfinden darfst. Das zarte grüne Licht schützt deine Herzwände vor Verletzungen und lässt sie sanft im Einklang schlagen.

Ruhig und gleichmäßig. Verweile eine Zeit lang im Rhythmus deines so Seins.

Das sanfte hellgrüne Licht erhebt sich nun hinauf in den Regenbogen und ein endloses leichtes luftiges reines Blau schwebt als Lichtkugel in Dein Hals Chakra. Deine Bronchien dehnen sich erleichtert auf und du nimmst einen tiefen frischen Atemzug. Du atmest ruhig und gleichmäßig weiter in deinem Rhythmus und erhältst dabei Klarheit als pure Energie die durch dich hindurchfließt. Du bist nun im Stande deine Klarheit und Güte in deinem Leben zu integrieren. Lasse das endlose reine lichtvolle Blau einfach durch dich hindurchfließen.

Die blaue Lichtkugel erhebt sich nun und steigt leicht und frei hinauf in den Regenbogen, und eine kräftige Rosafarbene Kugel legt sich in dein drittes Auge. In diesem Chakra nimmst du das Universum wahr und erhältst Eingebungen die deinem siebten Sinn entsprechen, und denen du auch vertrauen darfst. Die kräftige Rosafarbene Lichtkugel befreit deine Kanäle von Verstopfungen so dass du deine Wahrnehmungen klar und deutlich sehen und auch hören kannst. Das rosafarbene Licht wird dir helfen dich selbst zu verwirklichen und dich für deine Spiritualität zu öffnen. Genieße das stille Sein in dir. Nun verabschiede dich von der Rosafarbenen

Lichtkugel und sehe ihr nach bis sie im Regenbogen verschwunden ist.

Nun erscheint eine wunderschöne Magentafarbene klare Lichtkugel. Die sich sanft auf dich zubewegt und dabei fast zärtlich in dein Scheitel Chakra hineintaucht. Du fühlst augenblicklich wie sich ihre Liebe in deinem ganzen Körper ausbreitet und du mit dem allerhöchsten Bewusstsein verbunden bist. Unvollendete Emotionen werden aufgelöst in diesem heiligen Licht. Du bist jetzt reines Bewusstsein und darfst dich fallen lassen. Es kann dir nichts geschehen. In dieser Lichtfrequenz bist du transzendental beweglich und lebendig.

Nun verabschiede dich langsam von der Magentafarbenen Kugel und siehe, wie sie sich erhebt und im Regenbogen verschwindet. Dein Körper ist nun gescannt und befreit von krankmachenden grauen niederen Energiefrequenzen. Jede Lichtkugel hat dich aktiv davon befreit. Dein Körper ist nun wieder eine reine gesunde Lichtfrequenz. Wenn du das Gefühl hast du bist voller Energie dann komme langsam ins hier und jetzt zurück.

Anmerkung:

Sollte es dir nach dieser Meditation leicht schwindlig sein sei unbesorgt. Schwindel heißt in diesem Fall nichts weiter als Neuorientierung.

Angelplace auf you tube - free download
Meditationen
www.angelplace.de

Mein besonderer Dank gilt meiner Freundin Simone denn sie war es die mich an einem feucht fröhlichen Abend, auf diesen sensationellen Titel brachte. Danke mein Möhnchen du bist die Beste!

Weitere Bücher von Claudia Brigitte Weis

Angelplace lies dieses Buch Taschenbuch
ISBN: 978 374 948 4386

A Taba Lublas Kinderbuch
Abraham bist du neugierig!
ISBN: 978 383 910 6983